LES MODÈLES DE L'AMOUR

Grégory Lemay

LES MODÈLES DE L'AMOUR

roman

HÉLIOTROPE

Héliotrope
4067, boulevard Saint-Laurent
Atelier 400
Montréal (Québec)
H2W 1Y7
www.editionsheliotrope.com

Maquette de couverture et photographie : Antoine Fortin
Maquette intérieure et mise en page : Yolande Martel

*Catalogage avant publication de Bibliothèque et Archives nationales
du Québec et Bibliothèque et Archives Canada*

Lemay, Grégory

    Les modèles de l'amour

    ISBN 978-2-923511-28-3

    I. Titre.

PS8573.E531M62 2011   C843'.6   C2011-940379-X
PS9573.E531M62 2011

Dépôt légal : 1er trimestre 2011
Bibliothèque et Archives nationales du Québec
© Héliotrope, 2011

Les Éditions Héliotrope remercient de leur soutien financier le Conseil
des Arts du Canada et la Société de développement des entreprises cultu-
relles du Québec (SODEC).
Les Éditions Héliotrope bénéficient du Programme de crédit d'impôt pour
l'édition de livres du gouvernement du Québec, géré par la SODEC.

IMPRIMÉ AU CANADA EN MARS 2011

Il restait que nous nous plaisions à nous-mêmes et que nous ne désirions rien d'autre au fond que de continuer à nous croire faits pour une vie impossible.

MARGUERITE DURAS – La vie tranquille

Il est mystérieux d'être aimé; ne pas l'être l'est plus encore…

MADELEINE CHAPSAL – Un amour pour trois

Ça grouille dans les rues, les magasins. Il y a ça, entre eux, un bout de ville, morceau du Grand Montréal.

Souvent, il n'y a presque rien, entre eux, même pas de vêtements, juste un peu d'air.

Mais beaucoup de peau.

Christèle marche sous le soleil comme sous un grand ballon, le sien. C'est facile, tout imaginer à sa merci, les arbres, les autos, les poubelles municipales, les déchets dedans, tournés vers elle. En ce qui concerne les garçons, elle peut sans doute se permettre de leur manquer de respect. Il y en aura toujours pour la reluquer et baver en son honneur. Il y en a toujours. Par exemple, ce petit brun. Elle aurait bien pu lui donner une gifle sans raison et il aurait bien pu trouver ça charmant. Possible.

Mais c'est Geoffroy, gifler Geoffroy qui lui ferait le plus plaisir.

Ils ont d'ailleurs rendez-vous.

Lui aussi marche, croise plein de citadins inconnus. Une image symbolique serait celle du monde se brisant en deux à son passage et elle qui l'attend là-bas, au bout de l'écartement du monde.

Il fondra sur elle après avoir un peu souffert de ne pas le faire sur d'autres. Elle se trouvera alors à le consoler sans savoir.

Elle l'empoigne par les cheveux du cou et leurs bouches entrent en collision. Il lui fait «aïe» dedans, ce qui prête à croire qu'elle a une autre voix, une voix masculine.

Ensuite ils vont travailler. Ils vont faire l'amour, bouger l'un sur l'autre, pendant qu'on les regarde.

Leur annonce nous change de celles des call-girls, qui te veulent sans bon sens, apparemment. Tu dois leur venir en aide, elles font pitié dans leur chambre. Toutes seules parmi leur satin rouge. Toutes seules sur leur lit en forme de cœur. C'est fou ce qu'elles ont besoin de toi, elles ont besoin que tu viennes les délivrer de leur envie de toi. Soit dit en passant, leur corps fait 32-23-34. Si tu ne vas pas les rejoindre, elles seront tristes à coup sûr. D'ailleurs toi aussi, en te mordant les doigts. Si tu ne vas pas les rejoindre *tout de suite, leur beau petit corps se retrouvera indisponible. Il sera occupé par un autre que le tien. Par celui d'un membre de la pègre ou de la construction. Et ce sera de ta faute. Ce drame aura été causé par nul autre que toi-même. Soit dit en passant, c'est 180 $ / l'heure, sans extra.*

Ils avaient arrêté d'hésiter et s'étaient branchés sur un OK mutuel. À partir de là, c'était différent, leur amour était différent, paraissait plus grand, étendu. Disons que leur amour avait la dimension du Grand Montréal.

Ils avaient tiré une chaise supplémentaire devant l'ordinateur pour naviguer en tandem sur Internet.

Sites, annonces, forums, blogosphère, jusqu'à lassitude et écœurement.

Ils se reposaient déjà, se reposaient de toute cette information sur le sexe et sa mise en marché.

Chacun avait consulté son courriel en privé alors qu'ils prévoyaient jouir ensemble devant n'importe qui.

Eux, ils font très peu de fautes de français. Et leur annonce ne sue pas la fausseté. Ils veulent me respecter, eux. Eux, je vais peut-être les appeler, je vais sûrement au moins les appeler, ne serait-ce que parce qu'ils m'ont inspiré confiance.

Les call-girls ignorent ce qu'elles perdent. Elles perdent un appel bien placé. Elles perdent ma façon sensible d'appuyer sur les touches du téléphone. Elles perdent qu'ensuite, j'aurais pu faire la même chose sur l'un ou l'autre de leurs beaux petits corps de rêve. Soit dit en passant, je coûte seulement ce que je suis, moi...

Je donnerai mon argent à deux faiseurs d'amour qui refusent qu'on les touche. Je me tourne vers eux, oui. Pourquoi, selon toi? Je le demande à la call-girl qui m'a arnaqué. Est-ce que tu te souviens de moi, est-ce que tu te souviens au moins de ta victime? Moi, en tout cas... Quand je t'ai remis l'argent, j'avais déjà envie de t'insulter. Et j'ignorais tes intentions de me le voler. Quand j'ai compris que tu me l'avais volé, j'avais très, très envie de t'insulter. Mais tu avais disparu. Ta disparition et ton vol se confondaient. Tu n'étais déjà plus là pour te laisser insulter. Tu m'as volé non seulement de l'argent, mais aussi l'occasion de t'insulter.

Un nouvel emploi, c'est souvent stressant. Geoffroy connaissait certaines difficultés érectiles. Mais Christèle savait comment le calmer, le repartir, avec la main, avec la bouche. Elle aurait bien pu échouer, échouer à le faire réussir. Une fois là, ce type de problème peut très bien perdurer ou s'aggraver, comme le cancer ou la mode. Les clients ne semblaient rien remarquer. Il y en a tout de même eu un, il y en a toujours un, pour demander pourquoi le spectacle reculait tout à coup, pourquoi le spectacle retournait à la case départ. Sa question aurait pu tout gâcher, faire crasher leur entreprise.

Il voulait que ça continue, que ça soit le plus près de la fin possible, mais sans finir. Il voulait l'impossible, que l'impossible ait lieu.

Aussi Geoffroy et Christèle ont-ils eu une certaine présomption d'isolement. Ils croyaient pouvoir s'imaginer seuls tandis qu'on les regarderait. Ils ont vite convenu que c'était impossible. Il y avait toujours au moins une odeur, un son, un frottement ou une énergie qui les ramenait à la présence du client. Il a d'abord fallu accepter ces conditions de travail imposées par la réalité, pour mieux les intégrer comme contraintes artistiques.

Le client a le droit de haleter, de poser des questions ou de parler au téléphone. Il a le droit de manger, de faire tomber des choses par terre. Droit de crier, d'être malheureux ou heureux. Par contre, il n'a pas celui de toucher aux performeurs : règle numéro un.

Leur idée est surtout d'offrir un petit spectacle à domicile plus beau et vrai qu'un bon film porno. Voilà en gros le service offert. Mais filmer ou prendre des photos est défendu : règle numéro deux.

La copine que j'ai déjà eue était une sorte d'exception à la règle. Des points de suspension lui ont fait suite et se reproduisent encore. C'était surréel, elle et moi. C'était seins, fesses, ventre blanc, bouche rose bonbon pour moi. Tout ça pour moi, juste pour moi.

Lydia, son nom. Je n'oublierai jamais son nom. Jamais de la vie.

J'aurais pu voler ses sous-vêtements. J'aurais pu en faire un nounours de la seconde enfance. Ce regret. J'étais pourtant plein d'un pressentiment quant au vide de ma destinée amoureuse. Après la rupture, SA rupture, survenue non longtemps après l'amorce de notre union, déjà ses sous-vêtements, leur représentation, m'habitaient. Ils sont au moins là, dans ma mémoire, où je vais les visiter. Blancs avec des pois et une frange fuchsia, ils m'aident à revivre la seule fois où elle les avait ôtés. Ce tour de magie. Par terre, à côté d'elle, ils étaient la preuve qu'elle était nue au complet. Mais m'imaginer aujourd'hui lui faire des trucs me rend mal à l'aise parce qu'elle était, comme moi, mineure à cette époque.

La beauté est certes une notion discutable. Davantage que la grosseur. Pour la grosseur, on a la balance, le galon à mesurer et la pince adipeuse. Pour la beauté, on a quoi, à part le goût, le jugement et la mode? Si quelque chose a déjà été inventé pour mesurer la beauté (elle-même une invention), ce truc est en réalité le prolongement inutile du goût, du jugement ou de la mode. En tout cas, on ne s'en sert pas beaucoup aujourd'hui.

Disons tout de même qu'ils sont beaux. En comparaison de leur client, ils sont d'autant plus beaux. En retour, ils lui donnent l'air plus gras, plus vilain, plus malheureux qu'il ne l'est.

Disons aussi ceci. Sans égaler celle de Christèle, la beauté de Geoffroy est supérieure à la moyenne. Alors s'ils sont ensemble, enlacés, la somme de leurs beautés divisée par deux est encore plus grande. Et ces calculs n'incluent même pas l'effet magique de l'amour sur les apparences.

Je suis resté encore un peu dans la pénombre de mon sous-sol de Mamie pour digérer le geste que je venais de faire : laisser un message vocal à deux petits cochons qui disent pouvoir me montrer l'amour, à défaut de me le donner.

Mamie m'a suggéré d'adopter une meilleure hygiène, corporelle et environnementale. Je remarque aussi l'odeur quand je réintègre le bachelor. *Mais après je l'oublie, m'y habitue.*

L'odeur, c'est moi. C'est moi ou mon esprit, moi ou la sueur de mon corps insolite, transférée à mes draps, moi ou ma stupeur de tous les jours, ou mes toxines, ou les taches sur le plancher flottant, ou les bouteilles vides qui ont mauvaise haleine, ou la croûte de pain sur le comptoir, à côté du petit poêle à deux ronds taché de sauce à spaghetti recuite.

Mon ascension vers le jour a été graduelle. Je suis allé au rez-de-chaussée dire bonjour à Mamie avant d'aller manger une pomme-déjeuner dans le parc, où ma mocheté a cuit au soleil pendant que je la promenais comme un costume d'halloween.

J'étais loin du téléphone et donc dans l'impossibilité de répondre à l'appel des deux exhibitionnistes cupides. Je me reposais de moi en me laissant contempler des enfants qui gigotaient au large, dans le parc. C'était un camp de jour, je crois. Ils avaient tous le même chandail,

bleu, et leur activité m'apparaissait suspecte. Un jeu pro-
bablement inventé par un moniteur néo-hippie. En tout
cas, il y avait des cerceaux et des boules.

L'argent, tantôt dans un pot en terre cuite posé sur la
commode, maintenant dans la sacoche de Christèle,
explique assez bien leur présence là, dans un appartement rénové presque sous l'autoroute Métropolitaine.
Sur le plancher de marqueterie, ils se possèdent, se
serrent fort, manifestent en quelque sorte avec leurs
corps pour pancartes. Ou ils défendent un mandat de
sensibilisation traduisible par « l'intimité, c'est pas ce
que vous pensez, Monsieur, l'intimité, c'est pas les
cochonneries, Monsieur, regardez donc un peu plus
loin que nos cochonneries, faites un petit effort, s'il
vous plaît! ».
  Mais déjà ils peuvent arrêter. Le monsieur leur dit
qu'ils peuvent arrêter. Il tait l'évidence, l'éjaculation,
évite ces spécifications. Il répand dans la pièce un
malaise tel qu'ils craignent presque pour leur santé.
L'heure est au rhabillage, on dirait bien.

  Règle numéro trois : respecter avec les performeurs
une distance minimale de deux mètres (mesure exagé-
rée de la projection éjaculatoire maximale).

Je pêchais. Le téléphone, dans mon sous-sol de Mamie, était comme une canne à pêche abandonnée. Je faisais semblant de ne pas y penser pendant que, dans le parc, des enfants popularisaient le chandail bleu. Leur entrain lointain était appréciable, en comparaison de mon désœuvrement proche, bien senti. Et là, rien, rien de spécial, encore. Je les soupçonnais seulement d'être en train de mal vieillir, de devenir des petits matérialistes, des petits cons, statistiques obligent, quand j'ai failli me fouler une cheville, suis presque tombé. À cause d'un mauvais transfert de poids d'une jambe à l'autre, je m'étais retrouvé malgré moi à exécuter un mouvement de tai-chi-chuan manqué. Mes gestes aussi, les enfants, peuvent être drôles.

Dimanche, 11 h. Christèle ouvre les yeux sur un Geoffroy bien réveillé. Il lui a déjà mis sur le sexe une main qui prouve que ce n'est pas parce qu'ils travaillent dans ce domaine qu'ils n'en ont pas envie dans leurs temps libres.

Elle dit :

— On peut-tu attendre un peu !?

Quelques secondes plus tard, elle débarrasse son corps des draps, les jette par-dessus bord, d'un geste dont la brusquerie vient de la fatigue. Elle s'est découverte pour qu'il ait au moins droit au spectacle de sa nudité.

Le réveil de Christèle est lent, interminable, frustrant, connaît des rechutes et des recommencements. Son chum a d'ores et déjà déjeuné, pris une douche, est même allé au dépanneur, et elle en est encore à gésir dans le lit, il faut dire affriolante, mortelle, une jambe repliée.

Il abandonne, la fait disparaître, se la rend inaccessible, il referme la porte de la chambre derrière lui. C'est à ce moment, une fois isolée, enfermée, qu'elle l'appelle, renaît un peu pour l'appeler. Depuis les limbes, elle lui envoie un « viens » faible et rocailleux, qu'il n'entend même pas.

Il lui impute un handicap de lenteur qu'il convertit, transforme en supériorité pour lui. Il prend un malin plaisir à la plaindre, à la considérer rendue à l'étape de la journée dont l'égal existentiel est celle des études. Tant qu'à faire, il plaint aussi tous ces étudiants qui vacillent entre la grève et les cours. Il est bien content d'avoir à jamais mis un terme à ce genre de vie par l'obtention d'un diplôme. Il peut dire qu'il en a un. Son diplôme lui sert au moins à jouir d'en avoir un. Ce n'est pas si mal. Et s'il a la chance d'apprendre au client qu'il est bachelier ès mathématiques, il n'hésite pas. Et prendre Christèle devant ce client devient un acte «intelligent».

Mes correspondants n'ont pas l'habitude d'œuvrer chez eux. Je peux très bien comprendre ce précepte: dissocier espace de travail et espace ménager, moins par contre cette insistance à venir dans mon lieu malgré mes arguments, me semblait-il, assez dissuasifs.

Ils étaient avertis.

J'ai quand même trouvé dans la confirmation de leur venue la part de motivation qu'il me manquait pour ranger mon linge, passer le balai, nettoyer quelques surfaces planes, le lavabo et la cuvette.

Enfin debout, Christèle va de peine et de misère jusqu'au frigidaire pour fouiller dedans. Mais elle referme la porte aussitôt sans rien prendre. Ayant surévalué son besoin de manger au détriment de celui d'uriner, elle va aux toilettes.

Elle déjeune, ils font l'amour un peu, elle prend sa douche, s'occupe de sa féminité, s'habille et lui laisse une note.

Elle pourrait très bien lui dire ce qu'elle est en train d'écrire sur le bout de papier, lui transmettre par voie orale :

Je voulais juste te dire que je t'aime même si j'aime ça dormir.

Le sujet n'est pas trop gros pour la bouche, ce n'est pas la mort, ni la rupture, ni l'adultère. Elle aime juste jouer à faire semblant qu'il est absent.

Mais ensuite elle fait claquer la porte en sortant de l'appartement. Il ignore pourquoi elle a fait ça. Elle l'ignore elle-même. Mais il sait qu'elle a fait claquer la porte après avoir dormi beaucoup aujourd'hui.

Être chiante est une erreur qu'elle répète souvent. Il lui reproche d'entretenir le cliché de la belle fille caractérielle. Et ses pensées dévient sur d'autres, sur d'autres filles de sa connaissance. Ses pensées deviennent adultères.

Je préférais être occupé à quelque chose d'essentiel comme jouer aux fléchettes à cause du trac. Le volume de ma chaîne stéréo était au maximum. J'étais dans l'abnégation presque totale, aussi grosse que moi ; je refusais leur arrivée. Quand viennent des gens, il s'agit d'une autre possibilité d'échec, de rejet. Je me suis attribué assez de fausse importance pour négliger de les accueillir, laissant le champ libre à Mamie. Elle n'en avait jamais entendu parler mais a sûrement tenu pour acquis qu'ils étaient mes nouveaux amis, puisqu'elle aimerait bien que j'en aie. Ils avaient à peu près mon âge, ils avaient toqué à notre porte, ils connaissaient mon nom. Mais pourquoi des gens feraient-ils l'effort de venir jusqu'à Ahuntsic pour me voir, han, Mamie!? Réveille!

Ils ne pouvaient savoir que de refuser une boisson de Mamie mènerait à ce qu'elle nous apporte quand même trois verres de limonade.

— Mamie, notre enfance est finie!

Ma réplique a résonné dans mes appartements comme si j'étais déjà allé à la piscine et au Musée canadien des civilisations d'Ottawa avec ces deux belles personnes, que je voyais pourtant pour la première fois. Pas vexée en apparence, Mamie est retournée au rez-de-chaussée avec le plateau vide. Nous avons attendu de ne plus entendre ses pichous gifler les marches avant d'entamer la discussion. Nous avons dit des choses dont l'utilité principale était de meubler le temps qui précédait leur démonstration érotique.

L'histoire de Christèle est riche en péripéties.

Seize ans. Avec sa meilleure amie, elle s'est teinte en rouge. Variante esthétisante du pacte d'amitié, de la fusion de deux perles de sang entre les index.

Il s'agissait d'une teinture temporaire, temporaire comme leur amitié. Produit à la durée annonciatrice.

L'intervention capillaire s'ajoutait aux faits et gestes de l'insouciante jeunesse du monde, Japon en tête.

Ensuite. Cheveux passés au séchoir, et peignés avec les doigts. Jean très serré boutonné. Beaucoup de noir autour des yeux. Un peu de rouge sur les lèvres. Miroir partagé. Vestes enfilées. Les deux adolescentes sortent. Longueuil, vendredi, début de soirée, fin d'été. Elles marchent d'un pas léger, porteuses d'une bonne nouvelle, elles-mêmes.

Chez McDonald, une affiche leur rappelle que Ronald a les cheveux rouges aussi. L'hilarité les empêche de manger leur burger comme il faut.

Cheveux rouges chez McDo : fait.

Au dépanneur, elles achètent des *king cans*. Le commis ne leur demande pas leurs fausses pièces d'identité. Il se demande plutôt s'il a déjà tâté l'un de ces quatre seins dans un *open house*.

Cheveux rouges au dépanneur : fait.

Sur l'épaule de gazon massacré du pont Jacques-Cartier, elles ouvrent et commencent à boire leur boîte de bière. Elles continuent dessus.

Cheveux rouges sur le pont Jacques-Cartier : fait.

J'ai l'impression que cette beauté de Christèle, dans laquelle son petit copain a la chance de baigner, pourrait venir égayer mes motivations de boire, parmi lesquelles l'alcool même occupe la fonction littérale. Ces beaux gosses pourraient faire en sorte que ce soit bellement différent de m'en renverser dedans. En fait, ils ont sans contredit (arrêtons de chipoter) le pouvoir de changer ma vie de boisson, qui se confond avec l'autre ces temps-ci, ma vie tout court.

Après avoir pris un café avec son amie Ying (souvent moins libre que prévu), Christèle se retrouve à tuer le temps toute seule. Il y a moins d'avantages à retourner à la maison qu'à rester dans Parc-Extension, où elle doit plus tard travailler avec Geoffroy. Elle l'appelle pour qu'il vienne la désennuyer, la rejoindre tout de suite, mais bute contre le foutu message enregistré où il raconte être occupé à quelque chose quelque part sur Terre. Elle lui en veut pour ça, le violenterait, lui lancerait son portable en matériaux recyclés (le W233). Lui qui exige sans cesse d'elle une présence de bonne qualité, il n'est même pas foutu ne serait-ce que de lui envoyer un texto.

Elle va alors trouver refuge dans un magasin à 1 $. Tuer le temps, qui est de l'argent, dans un magasin à

1 $, c'est l'idéal. Mais on y trouve aussi des articles à
2 $, à 5 $, même à 10 $. De scandaleux 2 $, 5 $ et 10 $.
Ce magasin à 1 $ semble obéir au taux inflationniste
d'une autre planète. On peut aussi observer ce phénomène à la STM, au Village des Valeurs ou chez Métro
Richelieu. Christèle est mécontente, l'est souvent, a
besoin de l'être. La bonne nouvelle est qu'elle pourra
toujours trouver en ce monde une raison de l'être. Il y
en aura toujours une là, à portée des yeux, des oreilles,
de la main ou du cœur. Par exemple, ce cahier *made
in China*, importé par Selectum : 3,50 $. Elle est inca-
pable de trouver ici, au coût justifié de 1 $, ce qui
pourrait faire office de journal intime. Le seul truc à
1 $ et sur lequel elle pourrait transcrire ses sentiments,
ses déchirures, ses doutes, est un livret de factures
universelles.

*Je suis venu habiter ici, dans le sous-sol de Mamie, après
la disparition de ses deux chats. Ils étaient frère et sœur.
Elle les avait depuis environ sept ans et demi. L'un s'appelait Fou, et l'autre Famine. Fou était d'un noir taché de
blanc, et Famine toute noire. Il faut bien que le criminel
soit un voisin inhumain qui détestait les voir fouler son
gazon. Sinon ils n'auraient pas disparu de cette façon, à*

deux journées d'intervalle. Quelle autre maudite conclusion pourrais-je tirer des informations dont je dispose à ce jour? Ici, dans ce secteur banlieusard d'Ahuntsic, j'ai l'impression d'habiter encore à Sillery, Québec. Je compte bien le dépister, l'écœurant, le méchant, il va voir que la justice existe.

Les hommes sont dommageables. Il faut toujours intervenir envers et contre eux. Autrement dit, ils doivent éviter d'être laissés à eux-mêmes comme sur l'île de Pâques. Ils auraient besoin que de bons extraterrestres interviennent. Quand ils essaient eux-mêmes de se sauver, ils menacent souvent de courir à leur perte en provoquant celle des autres et de la flore. Ce sont des enfants, de grands gamins.

La vraie raison de mon déménagement à Ahuntsic est que c'était une bonne chose. C'était un bon coup sur l'échiquier de la Terre. J'étais un peu un poids là-bas, à Sillery, chez mon père et sa blonde. J'avais en quelque sorte épuisé les bonnes raisons d'y être. Mamie venait de perdre ses chats et elle était en dépression, en plus d'être une personne âgée. Et mon oncle irresponsable, son fils, s'inquiétait mal d'elle ou pas assez au goût de sa sœur, ma mère, qui vit à Boston depuis quelques années grâce à sa spécialité, la gestion de placements.

Ma mère reviendra bientôt, nous dit-elle sans cesse. Elle nous pense en danger. À en croire ses craintes, je suis comme une mine antipersonnel chez la sienne, de mère. Elle nous contacte pour savoir si j'ai explosé. Il faut lui répéter que tout va bien. Elle reviendra bientôt, répète-t-elle, comme si l'éventualité de sa venue était censée m'empêcher de commettre l'irréparable.

Geoffroy adore la rubrique *Insolite/Inusité*. C'est un peu la même dans plein de journaux électroniques qui, eux, sont alimentés par quelques agences de presse tout ce qu'il y a de plus sérieux. L'histoire d'un Allemand septuagénaire sur lequel un lit pliant défectueux s'est rabattu a fait le tour de la planète en un rien de temps. Il y a aussi cette femme restée presque trois années dans son sous-sol sans jamais en sortir. Fenêtres peinturées et cartonnées. Son mari pouvait la fréquenter à sa guise, descendre quand ça lui convenait. Dehors, sur le terrain, occupé à quelque tâche paysagère, il faisait toc, toc dans l'une des fenêtres bouchées, signifiait de cette façon sa présence à l'extérieur. Depuis qu'elle a été transférée dans un centre psychiatrique, il doit parcourir une distance plus grande pour aller la visiter.

Geoffroy pousse la porte de l'immeuble où il habite comme s'il plantait les paumes dans la poitrine d'un mec. Mais il ne ferait jamais ça à un mec. C'est un être pacifique. Dans le métro, il se tient loin d'individus pouvant appartenir à un gang de rue. Il évite aussi de croiser leur regard.

Reste que l'empêchement, la curiosité rentrée, peut être une réelle petite torture. Si Christèle et lui passent près de coucher avec une fille, eh bien la petite torture est grande. Il ne connaîtra pas le corps de l'inconnue ni n'entendra son gémissement unique. Il ne verra pas Christèle la lécher…

Des choses nous échappent. Des choses sont juste là, tout près, agaçantes, odoriférantes, destinées aux autres, ou à un soi autre, mort, passé, futur. Il faut malgré tout continuer son chemin, prendre ce qui est donné, seulement ça, ce qui peut être pris, et fermer sa gueule, on dirait bien.

Je n'avais pas pu faire autrement que de m'étouffer et de recracher sur la nappe pleine de graines de pain la gorgée de vin que je venais de prendre avec mon père. Je tenais un peu moins à l'alcool à cette époque. Mais il avait quand même cru bon de me parler de mon «rapport à l'alcool». J'avais déjà vu sortir de sa bouche «rapport aux choses», «rapport à la réalité», «rapport à l'autre», sans oublier le fameux «rapport à soi». Mais «rapport à l'alcool», c'était une première. J'avais recraché sur la nappe pleine de graines de pain la gorgée de vin que je venais de prendre...

Dans mon inconscient, mon paternel était peut-être associé au Christ, avec le sang duquel je cochonnais la nappe.

Il comptait par la parole me sensibiliser au problème de consommation qu'il avait remarqué chez moi, tout en me montrant un exemple de modération: le papa rose qui partage un bon vin rouge avec son fils. Un moment éducatif, quoi. Une capsule familiale.

Je me suis levé de table pour aller ailleurs dans la maison de sa seconde femme, sortie pour le laisser seul avec moi ce soir-là. Quelques minutes ont passé et je suis revenu dans la salle à manger. Il était toujours là, assis pareil, plutôt droit mais décontracte. Il avait pensé à son fils, fort, en son absence, avait cherché quoi dire encore, quels meilleurs mots utiliser, offrir à cet animal, mélange de vieux garçon et d'adulescent révolté.

Quand Christèle sort du magasin à 1 $, sa frustration liée aux prix se transforme en fierté comme du plomb en or. Il faut dire que les écouteurs de son iPod sont de nouveau sur ses oreilles et que la réalité ressemble à un vidéoclip. Elle va même jusqu'à vouloir freiner son évolution personnelle pour attendre les autres, leur laisser l'occasion de la rattraper là où elle est rendue dans la vie, ah, ah, ah! Pendant qu'elle rit dans son intérieur, son achat ballotte dans sa sacoche, un tube de Crazy Glue qui lui permettra de réparer sa bague favorite, en plastique mais plus belle que les autres.

À quelques pieds devant elle, un gamin. Il porte un casque de moto noir pour adulte dont la visière est rabattue. Sous lui, pas de bicyclette ou de véhicule motorisé pour enfant. Il fait une promenade à pied avec sa maman. Christèle le trouve d'autant plus drôle que le hit des Wave Pictures, *Leave the mirror alone*, perce de son iPod jusqu'à sa vulve. Elle ose, accélère le pas, va toquer sur le casque du petit, croyant qu'il a le sens de l'humour. Mais il pivote d'un côté puis de l'autre comme un enragé, cherche le coupable, celui qui a osé toucher à sa coiffe du dimanche. Il donne un gros coup de poing d'enfant dans le ventre de Christèle.

J'ai été un moment l'élu. J'accomplissais une sorte de mission humanitaire, en restant ici. Je fournissais ma présence à Mamie. Enfin, des gens étaient fiers de moi, sans vouloir me complaire. Aujourd'hui, c'est différent. Elle va mieux, elle est redevenue ma mamie fragile en léger dépérissement. Elle a repris le cours tranquille de son vieillissement, à partir duquel elle a tendance à trop me payer pour le transport, le gazon, les commissions. La relation d'aide s'est inversée. Et, non informée, ma prospère mère m'envoie de substantielles allocations pour éviter que j'embête la sienne avec l'argent. Elle connaît ma capacité à ne pas me trouver de job, ça oui. Pour ce qui est du reste, on repassera.

Mamie lui cache qu'elle me donne aussi de l'argent. C'est notre secret, m'a-t-elle fait comprendre, quand je la reconduisais quelque part à Ville-Émard, chez la fille artisane d'une proche décédée. Elle aurait très bien pu y aller seule, sachant conduire. Elle s'invente des besoins pour justifier ses dons monétaires. J'ai garé l'auto à la bonne adresse et nous avons consacré un peu de temps au silence. Sans être bigote, elle a des croyances qui lui viennent de la vie. Et je devais déjà décider si je rentrais ou non avec elle chez la fille. Je pouvais aussi passer la prendre plus tard. J'ai opté pour un compromis: l'attendre dans l'auto. J'ai dû imaginer mille scenarii policiers: kidnappage, torture ou viol. Pourtant je l'aime, Mamie. C'est moi qui la sauvais dans mes histoires sordides.

En m'étirant vers le coffre à gants pour y dénicher quelque lecture d'appoint, j'ai actionné le klaxon sans faire exprès. Elle est aussitôt sortie sur le perron de ses hôtes pour questionner, par une mimique, l'être de besoins que je suis. À cette seconde précise, je ne voulais en avoir aucun. Mais j'aurais bien accepté de l'alcool fort ou de la bière, si on m'avait exempté des présentations d'usage. Extirpé de l'habitacle, je lui ai signifié que tout allait bien (agitation latérale des mains). Elle pouvait retourner dans la maison (agitation frontale d'une seule main).

L'appartement rénové dans lequel ils entrent exhale le neuf d'une maison-modèle. Le plancher de bois est si bien verni qu'ils peuvent s'y voir. Le couple propriétaire est un peu comme son plancher, bien verni. Il va au cinéma lorsqu'il en ressent le besoin. Il fait l'amour quand l'amour doit être fait. Il lave les fenêtres au printemps. Il boit ou fait le fou quand sa structure interne devient un peu trop rigide. Et ce soir, il propose un souper tout à fait spécial. Une fantaisie moderne pour amateurs de bon vin. Une célébration des sens. Allégorie du désir.

Scène 1 : Int. – Soir – Appartement (Salle à manger)
La main de Geoffroy est dans sa niche naturelle : entre les cuisses de Christèle. Les convives la verraient s'ils regardaient sous la table. Ils ont eu l'audace d'engager des performeurs sexuels, mais n'ont pas celle de regarder sous la table.

Scène 2 : Int. – Soir – Appartement (Salle à manger)
Christèle et Geoffroy s'embrassent. Ils suggèrent par là une exquise démonstration à venir. Des yeux brillent autour d'eux.

Scène 3 : Int. – Soir – Appartement (Salle à manger)
Christèle est assise sur Geoffroy, le chevauche de face. Elle était tannée de se tordre le cou pour l'embrasser, prétexte invoqué quand elle a quitté sa chaise.

Scène 4 : Int. – Soir – Appartement (Salle à manger)
Christèle retire son t-shirt. Son beau dos arqué, à la lueur des chandelles, présente un jeu d'ombres digne du cinéma des années quatre-vingt. Comme de vilaines marionnettes, les mains de Geoffroy viennent dégrafer le soutien-gorge. Elles le connaissent bien. Elles restent là, sur la beauté de ce dos, elles paissent, vagabondent.

Scène 5 : Int. – Soir – Appartement (Salle à manger)
Geoffroy débarrasse le coin de table où Christèle prendra place pour le cunnilingus. Consciencieux, il déplace tasse, verre, assiette, bol. Avec la main, il balaie aussi les miettes.

Scène 6 : Int. – Soir – Appartement (Salle à manger)
Après le cunnilingus simple, une version acrobatique. À côté de la table, Christèle est, cul par-dessus tête, en équilibre sur les mains, les jambes écartées et repliées, les pieds à plat contre le mur. Penché sur elle, Geoffroy la lèche avec une gourmandise qu'il n'a pas montrée pendant le repas.

Scène 7 : Int. – Soir – Appartement (Corridor)
Au tour de Geoffroy, maintenant. Il est adossé au mur du corridor et Christèle, accroupie, le suce de façon à ce que tout le monde puisse bien voir. Elle tient ses cheveux d'un côté avec une main ; avec l'autre, elle double la fellation d'une masturbation, quand elle ne se caresse pas les seins.

Scène 8 : Int. – Soir – Appartement (Salon)
Comme Adam et Ève (nus, main dans la main), ils vont au salon. Dans leur cortège, une fille retire son chandail. Ils opèrent un 69 sur le divan.

Scène 9 : Int. – Soir – Appartement (Salon)
Pénétration vaginale.

Scène 10 : Int. – Soir – Appartement (Salon)
Pénétration anale.

Scène 11 : Int. – Soir – Appartement (Salon)
Éjaculation faciale.

Scène 12 : Int. – Soir – Appartement (Salon)
Discussion.

J'ai sorti la Wyborowa (vodka) et nous en avons mis dans la limonade servie par Mamie. « Jamais avant le service », a déclaré la fille, aussitôt après avoir pris une gorgée.

Ils étaient encore habillés et je tentais déjà de leur soutirer leurs vrais noms, sans succès. J'ai alors changé de sujet, j'ai demandé à « Geoffroy » si, comme moi, il prenait des suppléments de zinc. Mon but était de les intriguer pour accéder au privilège de leur expliquer ce qu'est l'andropause précoce. J'essayais en fait de gagner du temps, de repousser ce moment où ils me montreraient leurs tours sexuels. L'important était d'en prendre conscience et d'arrêter avant d'aller trop loin. Je me connais, je sais pouvoir tout gâcher, même avec des gens que je paye. Il faut la jouer cool autant que possible dans cette fameuse société du spectacle. J'ai prononcé ce qui m'apparaît être leurs pseudonymes : « Christèle », « Geoffroy ». J'ai bien découpé les syllabes en grasseyant pour faire sentir le détachement et l'ironie dont je suis capable.

Mon rôle, à moi, c'était juste le regard. Ils ont ôté leurs vêtements, lentement, très lentement. C'était interminable. Un petit mot par-ci, un petit rire par-là, un petit bec dans le cou. Et lorsqu'ils ont pris place dans mon lit, ma nervosité a explosé, est devenue par trop évidente. Mon liquide spermatique abondait. « Christèle » a eu la gentillesse incroyable de venir me glisser à l'oreille : « On te mordra pas. » J'avais cru qu'elle préluderait avec une danse à 10 $. Elle est retournée à Geoffroy et ils ont poursuivi leurs mamours.

Ils me montraient ce qui ne m'arrivait pas ce jour-là, ni les autres. Ils m'aidaient à exorciser et à accepter ma solitude. Vraiment professionnels. Ils savaient comment ne rien me faire. Plein de gens l'ignorent.

Fortes de leurs nouveaux cheveux, les ados Christèle et son amie marchaient sur le pont Jacques-Cartier, direction nord. Elles progressaient vers leur idole urbaine : Montréal, où elles finiraient bien par déménager un jour, après s'y être exercées à coucher.

Pour beaucoup de garçons, elles venaient du sexe féminin, avant d'être de Longueuil ou d'ailleurs. Ils les sifflaient parce qu'elles venaient de là. Elles avaient un sexe féminin. Elles avaient des seins féminins. Elles avaient des fesses féminines. Elles avaient un visage féminin. Sans oublier les cheveux, rouges et féminins.

De l'attention, elles en avaient. Elles auraient pu s'ouvrir un kiosque, en vendre. Elles faisaient un malheur, à Montréal. Les avances goûtaient le rêve, embrasaient leur beauté, les faisaient danser.

Des *fresh* au Café Chaos !

— Heye, les gars, faites de l'air s'il vous plaît, vous gâchez notre look !

Mais les deux jeunes hommes insistaient, coriaces. Ils savaient prendre le refus féminin pour un « oui ».

En plus d'être magnifique du visage, Christèle l'est du corps. C'était confirmé, maintenant qu'elle était flambant nue. J'avais devant moi une déesse. J'aurais bien sûr

aimé prendre la place de Geoffroy, me retrouver entre ces
grandes jambes féminines, des ailes pour homme. Mais
nous sommes si différents, lui et moi. Je pouvais au moins
admirer son « efficacité ». Il y avait d'ailleurs plein
d'autres choses à admirer.

Christèle a eu une pensée pour moi, m'a parlé, m'a
encouragé à me toucher, à me déniaiser. Nous avons un
peu dialogué par-delà Geoffroy, qui était par-dessus elle.
Mais j'ai remâché ma mocheté, chose que j'avais oublié
de faire depuis au moins quelques minutes. Pour conti-
nuer à apprécier cet instant, je devais la nier un tant soit
peu, quitte à y revenir à fond ensuite. Avoir ma main
dans mes culottes était étrange. En fait, je l'y avais mise
surtout pour souscrire à la proposition de Christèle. Je l'en
ai retirée pour recommencer à neuf, me reseter. *Il s'agis-*
sait de me laisser « envahir » par eux plutôt que par moi.

Ils s'entendent bien sur des choses comme la légalisa-
tion de la marijuana ou de l'euthanasie, mais mal sur
bien d'autres. Ils ne feront certainement pas toute leur
vie ensemble. Penser qu'eux, c'est pour très longtemps
leur permet d'expérimenter avec une certaine confiance
le temps d'amour qu'il leur est imparti. Bras dessus,
bras dessous, ils fixent le lointain avec désinvolture et

lunettes fumées. On dirait des rock stars. Après tout, ils font des spectacles.

Chacun leur tour, ils comptent l'argent devant le client. Cette attitude mafieuse est un soir née pour rester, devenir un rituel.

Geoffroy ramasse quelque chose par terre. Depuis qu'il a trouvé un billet de cinquante dollars dans la rue, en 2003, il la considère comme une terre fertile. Christèle se fout du bidule qu'il a cueilli et de savoir à quoi ça peut bien servir. Après s'être lui-même donné la langue au chat, il dépose délicatement l'objet non identifié, respectueux de son mystère. Ensuite ils ont une discussion un peu tendue. Elle trouve ça absurde qu'il ait remis le déchet là où il était, par terre, plutôt qu'à la poubelle.

Par chance, les parties génitales de l'autre sont là. On peut les aimer malgré l'autre. Elles marquent autrement que son cou, ses cheveux, ses yeux, ses fesses. Elles deviennent un être à part entière avec le temps. Une sorte d'être en l'être, en l'autre. Un petit autre consolateur, un animal domestique à qui on donne un sobriquet.

Il a fallu que j'insiste pour qu'ils acceptent un lift. Geoffroy avait pénétré Christèle, ensuite ils entraient dans ma voiture de Mamie. J'espérais faire bonne impression. Ils avaient fait l'amour dans mon lit, duquel je les menais au leur. C'était à moi de jouer maintenant, de tourner le volant, de freiner, d'actionner le clignotant comme un pro. J'appréciais beaucoup que Christèle se soit assise à l'avant. Elle ne portait pas de jupe très courte, mais je l'avais vue avec rien. Je pouvais superposer sa nudité mémorisée à son état d'habillement. Autant dire que je l'habillais de sa nudité. Et comme elle m'avait suggéré de me toucher, je lui ai proposé de fouiller dans le coffre à gants. Il y avait quelque chose qui pouvait l'intéresser. C'était le cadeau que mon oncle irresponsable de cinquante ans avait offert à Mamie : un indicateur de pression d'air des pneus en forme de revolver. Il suffit d'enfoncer le canon sur la soupape et d'appuyer sur la gâchette et vous apprenez si votre pneu est correct. Christèle a joué au cow-boy, a tiré quelques coups fictifs sur la voiture d'à côté et ensuite sur Geoffroy, derrière, avant de consentir à lui prêter l'instrument. Il l'a examiné et a semblé content qu'une telle chose existe. Je l'observais dans le rétroviseur et nos regards s'y sont croisés. C'était gênant.

Ils reçoivent toutes sortes de propositions. Surprenantes, ennuyantes, drôles, pourries, etc. Les maniaques, ça existe. Dommage qu'on s'en aperçoive parfois seulement rendu chez eux.

Un maigrichon à lunettes attendait de Christèle qu'elle insère son portable dans son vagin, de sorte qu'il puisse l'appeler là, laisser sonner. Dans ce scénario, Geoffroy était absent même s'il était présent dans la pièce. Bon, passons. Leurs règlements sont faits pour être respectés, OK, pas pour être détournés, contrairement à ceux de la Ville.

Aujourd'hui, Sophia leur a laissé un message. Sophia est dominatrice. Attention, loin d'elle l'intention de les dominer. Elle aimerait les engager pour leur spécialité, l'exhibition, et c'est une tierce personne qui recevrait ses coups. De plus amples détails suivraient s'ils acceptaient.

J'ai lutté contre l'absence de paroles en ne sachant pas quoi dire. Il restait la radio et le vent, le vent d'été dans les cheveux de Christèle. Ils dansaient de façon moderne autour de sa tête. Je refusais d'arriver à destination, puissent mes passagers demeurer au pays de l'infini. Allez comprendre pourquoi j'allais vite. Peut-être cherchais-je à me faire arrêter par la police, à leur montrer comment je m'adresse à la police, moi. Geoffroy s'est avancé pour demander à combien je roulais en même temps qu'il a regardé la réponse à sa question sur le compteur de vitesse. J'ai ralenti. Mon mal-être devenait un cauchemar. Je regrettais presque mon initiative, de les reconduire. Mais Christèle a tourné la tête et m'a souri.

Ils exécutent une levrette bestiale dans le coin d'une chambre d'hôtel. Plus loin, Sophia la dominatrice maltraite le client, un quinquagénaire à quatre pattes dont la couleur du slip ressemble drôlement à celle de la peau. Dans son *suit trashy-joy*, un beau *wasp-waisted* corset bleu métallique, elle le tient en laisse. La laisse est en fait la ceinture d'icelui. Aussi, elle le tape avec un journal roulé. Donc, d'une main elle le retient, de l'autre elle le tape.

Ce maudit chien sale voudrait aller rejoindre ceux qui copulent là-bas, dans le coin.

Plein d'hommes veulent être des chiens, on a souvent vu ça à la télé, peut-être parce que le chien est le meilleur ami de l'homme, ou parce qu'il y a beaucoup d'hommes tristes d'avoir perdu leur chien, ou bien parce que beaucoup d'hommes manquent d'imagination et exigent ce qu'ils ont vu à la télé...

Quels que soient les défauts de mon esprit, il reste critique. Il va de l'avant.

Sans m'attendre à une arrestation, elle aurait été bienvenue. Un peu d'action rafraîchit. J'avais peur d'être associé à l'ennui. Je devais agir, intervenir, lancer une pierre dans ce lacustre manque d'intensité.

J'ai posé une question à mes deux passagers :

— Avez-vous déjà été agressés dans l'exercice de vos fonctions ?

Non, apparemment. Mais ça avait déjà chauffé. Geoffroy s'était improvisé garde du corps à poil.

— Y'était pas gracieux du tout.

Christèle condensait de cette façon la scène dont elle avait été témoin.

Il y a eu un blanc, un autre.

Ils me rendaient la tâche difficile, ne me posaient aucune question, eux. J'avais la nette impression qu'ils voulaient éviter les occasions de me parler.

Geoffroy, en plus d'être assis derrière, avait l'air frustré. Ce devait être à cause de la manière avec laquelle elle avait parlé de lui.

J'ai fait de nouveaux efforts :

— Ça me fait penser au film de David Cronenberg, Eastern Promises, *l'avez-vous vu ?*

Le personnage interprété par Viggo Mortensen se bat nu dans un sauna avec deux colosses de la mafia russe

*qu'il a infiltrée. Malgré toutes ses pirouettes de combat,
sa quéquette reste toujours inaccessible à l'œil du specta-
teur. Excellent travail d'interprétation, de cadrage ou de
montage. Dans son plus simple appareil, il reste digne et
noble comme un chevalier tombé de son cheval. Lui.*

Ils ont du mal à se concentrer, ce soir. À l'intérieur
même de leur bestialité, ils retrouvent la difficulté de
se concentrer. À l'intérieur même de leur bestialité, ils
sont renvoyés au chien qu'incarne l'homme plus loin,
sur le tapis de la chambre d'hôtel. Si cet homme
n'aboyait pas après eux, si cet homme n'imitait pas les
aboiements d'un chien, ils auraient moins de difficulté
à se concentrer.

Geoffroy a été atteint par le rire. Très vite il a contaminé Christèle. Et il l'enlace, par-derrière, l'enserre,
pour la calmer. Il essaie de se calmer en la calmant.

Son visage est plongé dans les cheveux de sa muse,
ce refuge.

Ils sont touchants parce qu'ils persévèrent. Ils continuent en dépit du rire à faire les chiens.

Deux chiens rongés par le rire.

Malgré les apparences que lui concèdent son travail
et sa personnalité, Sophia peut être bonne. Elle sait

donner autre chose que des coups. Elle sait comprendre leur fou rire. Elle frappe l'homme canin au visage.

Un geste est gorgé des raisons qui le motivent. En voici quelques-unes quant à ce qui est de frapper l'homme canin au visage : il doit arrêter de japper, il a choisi le cliché du chien déprécié, il mérite d'avoir mal.

Au début de l'été, j'ai fait un pèlerinage. Je suis parti retrouver ma voiture de Mamie. Je l'avais stationnée là où la peur de continuer à la conduire m'avait pris. Le midi suivant cette nuit-là, elle avait déjà été déplacée ou volée. Ou bien mon souvenir de son emplacement était erroné. J'ai parcouru des rues en zigzag sans la voir. J'ai donc résolu de revenir chez Mamie avec un air dépité plus prononcé que l'habituel. On a appelé la Ville, qui jurait ne pas avoir touché à notre Swift automatique. La police n'en avait pas davantage entendu parler et l'a déclarée volée au terme de quelques vérifications supplémentaires d'usage.

Par acquit de conscience, je suis retourné sur les vagues lieux de la perte. Je voulais m'assurer de ce qui nous arrivait, que l'auto avait bel et bien disparu. Je voulais éviter qu'en plus de nous l'avoir fait voler, ce ne soit pas vrai. Ma crainte était d'avoir, par négligence, créé une fiction de vol.

Devant moi, une fille à pied a tourné le coin. Je m'étais bien assez turlupiné comme ça, je méritais de la suivre un peu, juste un peu, me faire ce bien douloureux. Et voilà qu'elle me mène à ma Swift de Mamie! Je le jure. J'étais là à la suivre avec une retenue propre à lui enlever l'impression d'être suivie et, comme un mirage, est apparue, sans contravention, ma voiture de Mamie. Cette Suzuki Swift de couleur rouge, je la voyais d'un nouvel œil, je la trouvais bien mignonne tout à coup. C'était devenu l'automobile de ma vie. Elle me sauvait de l'avoir perdue. De plus, il s'agissait bel et bien d'elle, selon la disposition des quelques traîneries reconnaissables à travers la vitre. Si j'avais eu l'air d'un violeur, j'avais à présent celui d'un voleur – c'est bien moins pire. Un petit « i » en moins fait toute la différence. Il suffit qu'un dyslexique s'en mêle et hop!

Ces rues se ressemblaient. Et l'alcool peut créer des troubles mnémoniques et/ou perceptifs, au même titre que les autres drogues. Ne jamais l'oublier.

Au fait, je me demande s'il peut aussi provoquer l'impression de déjà-vu, à l'opposé de l'oubli, auquel il est rattaché d'habitude.

Tout content, j'ai grimpé dans l'auto retrouvée. Et je l'ai conduite dans l'esprit de restitution. Mes intentions étaient claires: la replacer dans l'allée asphaltée de

Mamie. Mais avant que j'y parvienne, une autre surprise m'a hébété, l'entrée en jeu de la police. Me croyant voleur de bagnoles, voleur de ma propre bagnole de Mamie, elle m'a intercepté. J'aurais dû l'appeler avant de reprendre le volant, j'avoue. Son arme pointée sur moi (sans farce), elle m'a demandé de sortir du véhicule, m'a plaqué sur la tôle chaude et m'a fouillé. C'est ensuite qu'elle a été plus encline à entendre mon histoire, dont je lui ai servi une version non alcoolisée, bien sûr.

Seize ans, cheveux rouges, la meilleure amie de Christèle la pinçait. Elle la pinçait et, tout à coup, elle a eu l'idée de lui mettre un doigt mouillé dans l'oreille.

Elles glandaient avec deux petits fils à papa, les mêmes qu'elles méprisaient tout à l'heure, au Café Chaos, avant de se laisser entraîner chez l'un d'eux, celui dont les parents étaient partis à Vegas.

Les punkettes doutaient qu'ils soient partis là, à Vegas, ses parents. À Mont-Tremblant ou en République dominicaine, peut-être, mais pas à Vegas.

Elles formaient le clan du doute, de la méfiance, pourtant exposées, offertes au viol et au découpage en morceaux.

Comme pour protester, le garçon et fils des proprios soi-disant partis à Vegas a tiré l'amie de Christèle du divan pour la traîner jusqu'en haut, dans la chambre des maîtres, de ses parents. Montée nuptiale. Le jeu du docteur fait place à celui du mariage avec les années.

L'autre garçon avait de beaux yeux bleus, des yeux rayon laser, perçants. Christèle lui en faisait baver, réagissait au malaise de se retrouver seule au salon avec lui, elle régressait, revenait au mépris des premiers contacts, lui reprochait son style, l'avertissait, lui suggérait de ne pas se faire d'illusions. Il l'a embrassée, lui a fermé la gueule comme dans les comédies romantiques où les protagonistes s'aiment sous le couvert de la haine. Ensuite il a éteint les lumières, a pris de cette façon le contrôle du rez-de-chaussée. Il est revenu dans le noir jusqu'à elle, en aveugle, a tâté le mur, le divan. Et elle.

Cette autre fois, à Sillery, c'était plus kafkaïen encore.

Je ramenais au magasin locatif un DVD. Je l'avais passé par la patte de ma redingote aux boutons sautés pour le protéger contre les bourrasques de neige. Le boîtier sert à ça, à la protection du disque, je sais. On n'agit pas toujours avec intelligence. La police s'est arrêtée en diagonale devant moi, me montrant ses couleurs, son emblème. J'étais d'autant plus impressionné qu'elle était intéressée par ma personne, voulait discuter, me connaître. En vérité, c'est ce que je cachais sous mon manteau qui l'obsédait : un possible pistolet.

Il paraissait qu'un drogué gambadait avec un 38 dans le quartier.

— Et vous pensez que c'est moi ?

— Nous disons pas ça, Monsieur.

— Mais vous me soupçonnez ?

— Monsieur, êtes-vous blessé au bras ?

— Non.

— La poche inférieure droite de votre manteau est-elle trouée ?

— Non.

— Avez-vous froid aux mains ?

— Pas trop.

— Pouvez-vous s'il vous plaît les sortir de leurs emplacements respectifs le plus lentement possible et nous les montrer ?

Je me suis donc trouvé à dégainer devant la police le DVD (c'était quel film, au juste ?).

Elle m'a offert des excuses. Je les ai acceptées. Courtoisie. Bonne entente.

Le pistolet-indicateur de pression en main, je repense à cette aventure. Je l'ai apporté au frais, dans mon sous-sol de Mamie, car Christèle y a touché. Avec une main je le tiens, avec l'autre je lance des fléchettes (le terme

« dards » est impropre). *Pour être plus précis, j'appuie sur la gâchette au moment de lancer une fléchette.*

Mes armes sont inoffensives. Si ce n'est pas un DVD, c'est un faux fusil ou un projectile d'amusement non empoisonné.

Mais tenir des choses fait du bien.

Le client-chien n'est pas invité. De toute façon, l'animal de compagnie est proscrit de l'endroit où ils vont prendre un verre. Et s'il insiste, Sophia lui assure qu'elle lui donnera le coup de grâce, l'ultime, le coup de la vraie vie, l'impayable. Parcouru par une volonté désespérée, il ose tout de même les suivre, descendre avec eux, soi-disant juste pour aller au guichet automatique.

— J'espère que tu penses pas qu'on va tout à coup se mettre à t'aimer dans les couloirs de l'hôtel pis à vouloir t'emmener veiller avec nous, là.

Après l'avoir jugé, toisé, tenu à l'écart dans le corridor, après l'avoir exclu dans l'ascenseur, ils sortent de l'hôtel à sa suite et prennent, complices, la direction opposée.

Comme si le dehors poussait à l'expression, Geoffroy et Christèle offrent des excuses officielles à Sophia. Elle les rassure.

— On a improvisé. On a vécu l'imprévu. C'était mieux comme ça. C'était bien mieux parce que vous avez ri. Riez, riez. C'èst juste plus de mépris. Dites-vous bien ça. Le mépris était plus fort que prévu, il était à la mesure de celui qui l'a inspiré... Dites-vous bien ça. Ou dites-vous autre chose. Je m'en fous.

Voici une disculpation qui fait très bonne impression, en plus d'être applicable à bien d'autres domaines que la domination professionnelle.

Malgré la marginalité qu'ils ont démontrée à l'hôtel, ils font comme tout le monde, ils entrent dans un bar, choisissent une table, commandent à boire, parlent. Ils y vont même d'une dernière tournée au cri du last call et attendent d'être aveuglés par les lumières qu'on va rallumer et grondés par un serveur impatient avant de sortir et d'expérimenter la douleur de vivre hors de l'endroit où ils étaient bien, en train de faire plus ample connaissance.

L'appartement de Sophia est plus loin que le leur, mais ils n'y ont jamais mis les pieds. Aussi c'est un loft spacieux et tout équipé, bien pourvu en alcool et en instruments de petite torture comme le martinet, le bas en latex, la carabine à eau, le casque à écrous, la trappe à souris (pour les orteils), etc. Une véritable aire de jeu.

Silencieux, massé par son couvre-siège en billes de bois, le chauffeur de taxi conduit vite. Sa suspension est lâche. Le véhicule, comme un manège, rebondit au moindre cahot. Course intense égale bon pourboire. Christèle, qui aime bien les honneurs, rajoute un peu de sous à ceux que la dominatrice a déjà donnés et accompagne ce surplus d'un soliloque dans lequel elle met à profit sa formation théâtrale.

— Fais pas réparer ton véhicule, Ahmed, OK. Il doit rester pareil. Promets-nous-le. Tu dois continuer à bercer les gens. Les gens ont besoin d'être bercés. Les gens sont stressés. Ahmed! Faut les calmer. C'est ça ton rôle, OK. C'est ça le sens de ta vie.

Après leur passage, réintégrer mes appartements était différent. L'odeur avait changé. À celle que je connaissais trop bien, la mienne, s'ajoutait la leur, surtout celle de Christèle, que j'ai su isoler, cultiver. Comme un chien je l'ai remontée jusqu'à mon lit, et là j'ai caressé le sexe, le mien, que j'avais traumatisé en leur présence. Je remuais dans les draps à la manière d'une femme qui a des choses d'homme dans la tête. C'était plutôt sensas.

Personne ne me regardait, moi. Les seuls yeux, c'était les miens. Je pouvais me zieuter moi-même, bien sûr, mais je préfère la plupart du temps éviter ce genre de boucle personnelle au bénéfice d'une autre où mon double spectral, que j'imagine bien installé sur une chaise dans un coin de la pièce, me hue.

J'ai interrompu mes activités pour aller les reprendre dans la douche. Je pensais pouvoir sauter par-dessus l'étape déprimante où on vient de se salir. Orgasme, éjaculation et lavage fusionneraient en un parfait accord phénoménal. Mais c'était bien présomptueux de ma part, d'avoir oublié les mœurs de mon sang, à savoir que, quand je suis debout, il a encore plus tendance à passer tout droit, à négliger l'escale de mon sexe, que lorsque je suis couché.

Sophia travaillait avant dans un donjon aménagé dans un grand logement de la rue Sherbrooke. Il y avait des salons thématiques dont l'un avait été baptisé «Salle d'opération». Elle avait eu beau signaler la faute à répétition, insister, la tenancière, dominatrice des dominatrices, était de surcroît une salope orgueilleuse qui détestait se faire dire quoi faire. «Salle d'examen» aurait beaucoup mieux convenu au décor et aux instruments. Comment avait-on pu consciencieusement répliquer l'espace de travail d'un médecin consultant et en avoir négligé l'inscription à l'entrée!? Même les clients relevaient la honteuse impropriété. D'ailleurs, pourquoi foutre des noms partout comme à la maternelle!? De toute manière, ce donjon était plein d'un folklore sado-masochiste pour touristes de merde.

Sophia a donc démissionné.

Elle pouvait dorénavant faire les choses à sa manière. Elle pouvait utiliser ses instruments de cuisine. Elle pouvait utiliser le martinet qu'elle avait fabriqué avec une chambre à air. Elle pouvait imposer son univers, filtrer les clients, porter du linge original, avoir un style bien à elle... Et empocher 100 %.

J'aime beaucoup Brian Cox, l'acteur, surtout depuis qu'il a joué dans deux films récents qui portent le même titre : Red. Il sait me faire pleurer. Mais Albert Finney aussi. Dans le Red de 2008 (et non celui de 2010), Brian incarne un retraité dont le vieux chien a été tué à bout portant par un adolescent crapuleux. Après avoir regardé ce film, je l'ai classé dans la catégorie de ceux qui pourraient replonger Mamie dans la peine d'avoir perdu ses chats. Alors je ne lui prêterai pas celui-ci, pas davantage qu'un film porno.

Quant à elle, elle aurait dû aussi faire preuve de discernement, réfléchir avant de vouloir me refiler cette œuvre indépendante d'animation dans laquelle deux femmes arabes traversent l'océan sur un radeau dont la voile est une courte-pointe faite de hidjabs.

— L'art n'a pas de frontière.

— « L'art n'a pas de frontière ! » Viens-tu vraiment de dire ça, Mamie ? Es-tu vraiment celle qui a dit ça ?

— Ça te ferait peut-être du bien de t'ouvrir un peu… C'est pas parce que c'est beau que c'est de mauvais goût.

— J'crois pas, Mamie, qu'on va pouvoir discuter dans ces conditions.

Elle m'a tout de même tendu sa fable animée que j'ai prise et dont j'ai fait l'effort de regarder à peine plus que le début pour faire suivre mon a priori négatif d'une expérience corroborante.

L'ancienne usine de textile à proximité du marché Atwater où habite la dominatrice est armée d'une structure de béton dont les larges pilastres, apparents de l'extérieur, permettent de lire aisément le système structural de poutres et de colonnes dont la droiture inspire l'admiration et fait naître cette question : pourquoi l'immeuble n'a pas encore été bazardé à un promoteur ?

Geoffroy et Christèle viennent ici pour la première fois. Comme pour les personnes, certains lofts sont moins connus que d'autres. Il en est un au centre-ville où ils sont déjà allés quatre fois. Ils étaient désœuvrés, la nuit, au point d'accepter que la mauvaise bière du pays soit vendue à gros prix et que des filles dont le charme du visage conteste la vulgarité de l'accoutrement s'entichent de *douchebags* au cou épais qui leur fournissaient de la coke gratis. On aurait juré l'*after party* des footballeurs de McGill, mais ce ne l'était pas.

Sophia la dominatrice avoue avoir honte d'habiter un loft. Sa honte, explique-t-elle, vient du phénomène de mode, de sa participation au phénomène de mode.

Suivie de près par Geoffroy dans le petit escalier à pic menant à la mezzanine, Christèle rejette tout malaise, concret, moral, éthique, quant à ce type d'appartement : «On s'en fout !» Les deux amoureux prennent place au pied du lit sans demander la permission et oublient leur main dans celle de l'autre face à la féerie de ce monde intérieur rempli de costumes et de patentes.

Je me retiens d'acheter deux petits chats à Mamie. Ce serait une générosité égoïste en forme de chats. Pendant ce temps, j'épie les voisins. Je cherche le coupable de ses pertes poilues. Les indices de leur disparition devraient traîner quelque part, derrière quelque enfoiré, l'assassin. Ceci constitue pour l'instant ma seule science d'enquêteur.

J'importe leurs photos dans Photoshop et trafique une affiche d'avis de recherche digne de ce nom. Je me ravise : c'est le tueur de ces belles créatures qu'on recherche. J'intègre « (euse) » dans le texte, sait-on jamais. À mesure que ma réserve d'alcool diminue, disparaît, tire à sa fin, mon inquiétude grandit. J'ai le projet d'aller placarder quelques endroits stratégiques sur le chemin de la SAQ. Quand, sur le pallier, je mets mes bottes de combat, Mamie me demande où je vais. Mon réflexe enfantin est celui de vite rouler ensemble les copies de l'affiche. Mamie rit ; son rire est une manière de dire « OK, on reprend, prise deux ». Si elle ne me soupçonnait pas de tramer un truc idiot, elle me lâcherait lousse, me laisserait à ma liberté habituelle.

— Tu vois pas que c'est pour te protéger, Mamie, que je me ferme.

— …

— OK, ce que j'allais faire, c'était con, je le sais… je le sais surtout depuis que tu me regardes du haut des marches comme une souveraine. Je le ferai pas, je te le jure, mais demande-moi pas de te dire c'était quoi, OK.

Elle m'a sauvé ; de quoi aurais-je eu l'air, avec les conséquences de mes actes ?

Où avais-je la tête ? Ce sont ses chats, ses chats à elle. Elle a bien assez de les avoir perdus, de penser et de rêver à eux. Leur image est tout ce qu'il lui reste. Je ne suis tout *de même pas pour l'en déposséder, aller la mettre sur des poteaux.*

Sophia manie sa cravache comme une fée. Ses coups sont en fait des petites caresses sur le dos de Christèle. Elle lui transmet de cette façon son refus de travailler, de lui faire mal. L'autre se plaint non pas de la douleur mais de l'absence de douleur. Sophia demande :

— Tu veux que je frappe moins fort, c'est ça !?

— Arrête don' de me niaiser, là !

Le système de charriage servait jadis à déplacer de gros rouleaux d'étoffe ou de fil. Aujourd'hui, il soutient le corps humain, cet amas de tissus gorgés de sang. Il est basé sur un rail rivé au plafond, duquel une poulie est prisonnière, après laquelle pend un crochet auquel est suspendue une poignée double (issue d'un vieil exerciseur Spring Elite), poignée qui peut être remplacée par des menottes ou une corde.

Bien des choses disparaissent, sombrent dans le fleuve du temps, mais lui continue, continue toujours.

Christèle essaie d'avoir du plaisir toute seule. Accrochée à l'appareil de charriage, elle va buter contre les extrémités du rail, frétillante, s'envoie glisser d'un bord puis de l'autre, repasse et repasse à la même place, veut scier le monde.

On est nombreux dans cette situation. On est nombreux à avoir connu des chats aujourd'hui assassinés. Des tribunes électroniques regorgent de plaintes bouleversantes à ce sujet. Je ne suis pas fou. La peine de Mamie existe ailleurs qu'en elle. Des conducteurs appliquent des petits coups de volant non pas pour les éviter mais pour les écraser. Quand le jeu vidéo devient réalité. Et dans d'autres pays, c'est le sacrifice, les explosifs sur le dos des spécimens noirs, ces martyrs félins, qu'on fait entrer dans les mines, qu'on fait éclater. Le forage! Sans parler du passé, du Moyen Âge: les superstitions, l'éradication, l'orgue à feulements (boîte percée de trous dont sortaient les queues sur lesquelles on pouvait tirer au gré de l'inspiration mélomaniaque)…

Envahi par ces informations, je sors. Certaines restent dans la maison, d'autres me suivent dehors. Mains dans les poches, je fais semblant d'aller quelque part. Le ciel gris, cette immense visière en suspension, me protège des regards extraterrestres. Je me donne un but: faire le tour du parc.

Le fils du couple à Vegas et l'amie de Christèle avaient opté malgré eux pour la tendresse. Une tendresse corrompue. Leurs bouches, se collant, se décollant, produisaient des micro-pets de succion. L'instant n'était pas magique, même pas en apparence. Sur le dos, elle ouvrait les yeux régulièrement comme par peur d'être empoisonnée par la noirceur. Son corps, c'était une planche de bois ou une quelconque surface offerte. Il y promenait une main patiente, consacrée à l'enfance, aux chatouilles, mais elle savait trop bien où il voulait en venir. Elle était plus intelligente qu'il croyait. Puis ses pensées se sont de nouveau dirigées vers leur chouchou, Christèle, juste dessous, au rez-de-chaussée, aux prises aussi avec un petit fils à papa.

À la deuxième séance, j'étais mieux disposé à les regarder, à me laisser les regarder. Mes yeux étaient grand ouverts. Il faut dire que j'avais eu le temps de me repasser la première, encore et encore. La prochaine fois, la troisième, j'aurai peut-être le courage de lancer: «Surprenez-moi!» Ou bien: «Fuck that pussy!»

Voilà ce qui arrive quand j'essaie de vivre le moment présent, je me mets à penser au passé ou au futur. Mais leur image, passée ou future, est tout à fait présente. Sans vouloir philosopher, j'affirmerai ceci : il n'y a que ça, le présent, aussi contaminé soit-il.

Je quitte mon lit à cause du jour. Viens-je de me lever, ou était-ce mon fantôme ? Même si mes draps sont en pagaille, j'ai du mal à me croire exister pour de vrai. En tout cas, je semble avoir beaucoup plus d'importance dans mes rêves que dans la réalité.

Sophia s'est réfugiée aux toilettes. Elle a moins envie d'uriner que de prendre ses distances. Ils commencent à lui taper sur les nerfs, Geoffroy et Christèle. En tout cas, elle est bien contente d'avoir quitté René, son ex. Il avait ce foutu nom, et aussi ce grand calme gothique. Il pouvait rester quasi immobile très longtemps, à écouter du Rammstein, sans savoir quoi dire vraiment, sous ses habits noirs, parfois une cape, avec un demi-sourire d'illuminé, sorte de fausse confiance bouddhiste. Elle préférait que d'autres les accompagnent. Et plus les autres étaient nombreux, mieux c'était. À cause de René, sa vie sociale était devenue démesurée. Pour tout dire, elle est bien contente d'être seule aujourd'hui, de ne plus faire partie d'un couple, cette institution.

Presque tous les jours sont des lendemains de veille. Cet état, de lendemain de veille, est mêlé à l'ébriété nouvelle, grandissante. Cet état, de lendemain de veille, est «dilué» dans l'ébriété nouvelle. Il finit par y disparaître, si on continue de boire. Et le lendemain est un autre lendemain de veille. Ainsi de suite.

Entre-temps, l'alcoolémie fluctue. Tantôt elle plafonne, tantôt elle tombe. Et je suis là pour la faire se redresser vers une autre pseudo-victoire sur moi-même et le monde.

Mais mon régime d'alcool ne prévoit pas les avantages sociaux dont jouissent beaucoup de buveurs. (Plaintes, encore des plaintes. Produire des plaintes.) J'aimerais bien, un lendemain de veille, me réveiller avec une autre personne que moi-même.

La nouvelle lubie de Christèle est de voir Geoffroy et Sophia s'embrasser. Depuis tantôt elle les taquine avec ça. «J'vous jure que je me fâcherai pas.» Mais c'est du malaise qu'elle suscite entre eux.

Toujours pendue à l'appareil de charriage, elle réussit à les attraper avec les jambes. Il s'agit d'un exploit. Ils sont maintenant ses prisonniers, ses pieds forment une sorte de crochet, de barrure.

Sophia, tragédienne, clame le mot « ridicule », qu'elle double d'un léger raclement de gorge et d'assez d'air. Et Geoffroy affiche une certaine résignation.

Prisonniers de Christèle, ils emprisonnent aussi chacun quelque chose, un monde intérieur. Elle a là, entre les jambes, une œuvre humaine riche... sur laquelle elle s'appuie pour réduire le fardeau de son propre poids sous ses bras fatigués.

L'ensemble de ses mouvements peut être qualifié d'épilepsie de la possession.

Geoffroy avait pris place sur le siège du passager, cette fois. C'était une bonne chose. C'était une occasion pour moi de m'intéresser à lui. Christèle, à l'arrière, aurait pu rester tranquille, nous laisser converser entre hommes. Elle s'était déjà bien assez plainte dans mon lit. Ses gémissements, de longs mots d'une langue bien plus belle que le français, m'avaient semblé concluants. Mais elle parlait, parlait. Elle faisait entendre son point de vue sur à peu près tout et n'importe quoi. Avait-elle pris de la cocaïne dans mes toilettes de Mamie ? Ou c'est qu'elle était heureuse ? Certaines situations font bien comprendre le dicton : Le bonheur des uns fait le malheur des autres.

Geoffroy avait abandonné le projet de prendre la parole. Dans le rôle ingrat, il participait à la démonstration du principe suivant: au combat des idées préexiste l'expression, l'accès à l'expression.

Sophia a chaud, trop chaud. Son t-shirt, par-dessus le *wasp-waisted* corset bleu métallique, est pesant. Elle va l'ôter, annonce-t-elle, comme si ses invités avaient besoin d'être prévenus.

J'ai voulu aider Geoffroy, le sortir du marasme, lui redonner confiance, la parole, par une question. Je lui ai demandé si ça le dérangeait que des hommes caressent avec leur regard les parties génitales de Christèle. Répondre semblait pénible, compliqué. Pour lui faire cracher le morceau, elle a donné un coup de genou dans le dossier du siège. Je me rendais compte que hors du lit, ils n'allaient pas si bien ensemble. Mes chances de sortir avec elle devenaient un iota moins nulles. Mais mon espoir dérisoire a aussitôt pris fin quand elle a plongé le corps à l'avant pour l'embrasser. De cette façon elle s'excusait d'avoir été violente. Cette philosophie du bec et on oublie tout, le baiser gomme à effacer, très peu pour moi. J'ai eu envie de freiner sec pour la défenestrer.

Sophia est calme, calme et détachée. Geoffroy aime ça. Il trouve qu'elle a l'air de connaître la vie. Christèle parle fort.

Les personnages de La veuve, *l'un de mes films pornographiques favoris, se contrefoutent de moi. Ils aiment surtout la caméra, le réalisateur ou le producteur. Blablabla. Ma gueule les indiffère totalement. Ils me confinent à l'invisibilité éprouvée en société. Ils m'ignorent de façon exemplaire.*

J'occupe tout de même de l'espace. C'est un fait. Mon corps est un fait que personne ne devrait nier.

Je me touche, me prends un bras, le palpe. Me regarder dans le miroir est aussi un bon truc, quoique plus risqué.

Dans le salon des parents partis à Vegas, il y avait une anomalie visuelle. La noirceur diffusait une clarté qui laissait apparaître, sur le tapis, des ombres inappropriées. Elles persistaient même quand le petit monsieur, ami du fils, les frottait avec sa paume, léchée au préalable. Il aurait aimé être en train d'halluciner à cause de la drogue, de voir des choses inexistantes.

Quand il a allumé la pièce, Christèle est apparue, crue, blanche, superbe, dans l'une des positions de l'amour, étendue sur le flanc, jambes en ciseaux.

Elle était couchée dans sa gaffe, trop près pour la voir.

Déjà à son âge, elle avait fréquenté quelques trentenaires, elle avait sucé profond des doigts, elle avait participé à une orgie. D'ailleurs les motifs rougeâtres sur le tapis, qui retraçaient le parcours de son ébattement, lui faisaient une sorte d'auréole de débauche.

Cheveux rouges dans le salon des parents partis à Vegas : fait.

Soit la teinture en était une de mauvaise qualité, soit son application avait été bâclée ; ou puisqu'elle était temporaire, elle adhérait peut-être mal aux cheveux. Je ne connais rien là-dedans, je vais m'informer auprès d'une designer capillaire choisie au hasard dans le bottin téléphonique.

Roxane, de chez Harold & Maude, dont l'avis est étayé par celui de Véro, coloriste de renom, me répond ceci : la mésaventure de Christèle et de son amie n'est pas surprenante. Même avec les teintures permanentes, il peut y avoir transfert, sur l'oreiller par exemple, surtout si c'est une couleur criarde comme le rouge ou le bleu.

J'ai stationné l'auto. Ensuite j'ai marché et bu dans les rues. Du bruit, le bruit d'une fête m'a attiré. Je suis rentré dans l'appartement d'où il provenait. Il y avait beaucoup de monde. J'ai cherché les toilettes dans une garde-robe. Tant qu'à y être, j'ai pissé dedans. Mais on m'a surpris avant terme, bousculé. J'en mettais partout. Que j'existais, maintenant ! Ma popularité était basée sur l'accusation. J'ai eu droit à une prompte sortie avec un coup de pied au cul. Et là, sur le trottoir municipal, je devais encore repartir à zéro. À moins que zéro.

Mon souvenir est plus vague que ça, je l'avoue, mais je préfère l'affabuler plutôt que de me soumettre à sa pauvreté. Alors continuons.

J'ai erré encore un peu pour aller m'affaler aux confins d'un parc. À mon réveil, le soleil était présent. Ou mon réveil avait été provoqué par le soleil. J'ai rassemblé autant que faire se peut ma conscience. J'avais peur de ne plus être à Montréal. D'abord, sortir du parc. Quelques noms de rue m'ont servi de repères. J'avais perdu cette assurance alcoolique, le courage de me perdre. Ma mamie me manquait. Je devais récupérer l'auto, mais j'ignorais où elle était, par le fait même comment me rendre jusqu'à elle. Mon seul réconfort, c'était la clarté de sa perte. Cette fois, inutile de gaspiller mon temps à la chercher. Je suis retourné chez Mamie en métro.

Petit, j'avais l'habitude d'égarer mes voiturettes Matchbox, tantôt derrière un divan, tantôt sous une commode. Perdre ma Swift automatique de Mamie dans Montréal, c'était la preuve indéniable que j'étais devenu un homme.

Mamie était fâchée. J'avais omis de lui téléphoner pour lui dire que je découchais. Elle ne savait pas encore qu'en plus, je rentrais sans l'auto. Il valait mieux le lui apprendre tout de suite, avant qu'elle s'en aperçoive par elle-même.

Dans le métro, je m'étais préparé à affronter ma grand-mère comme si je me rendais à un colloque. Quelques stations avaient servi à me dissuader d'employer l'échappatoire, le mensonge ; et les autres, à m'encourager à dire la vérité. Dire la vérité. Il me resterait au moins ce mérite, mérite occasionné par mon démérite, il faut dire.

Bon, Mamie était tout de même contente de me revoir, sans être fière de moi. Passons.

Nous aurions osé mentir à la police si cette dernière
n'était pas intervenue dernièrement dans une mésaven-
ture semblable de mon cru. De toute façon, notre esprit
méthodologique nous incitait à contacter la Ville en
premier. Au préposé, Mamie a demandé si la Swift avait
été remorquée et elle a lu le numéro d'immatriculation
dans le combiné. Ensuite elle a appris qu'elle était l'heu-
reuse gagnante d'une contravention. Enfin, elle a fait la
perdue, la victime de l'Alzheimer, pour se voir recevoir
les détails de l'emplacement tant convoité du véhicule.

Christèle a de la répartie. Ce n'est pas ça. Geoffroy
craint même qu'elle en ait plus que lui. Mais pour ce
qui est de la spiritualité, elle le déçoit. Il aimerait qu'elle
prenne davantage exemple sur le termite, qu'elle traverse la souffrance morale comme si c'était du bois, la
ronge en la traversant, la troue pour passer, pour revivre. Mais elle s'interrompt aussitôt qu'elle a commencé.

J'imagine souvent avoir plus d'alcool que ce qu'il me reste.
Mais si le médecin, par exemple, me questionne, je mens

à la baisse. Un classique. Résumons : maximiser la consommation en ingestion ou en attentes, mais la minimiser en paroles. Comme on peut voir, j'accomplis tout de même mon devoir de conscience. Si j'ai bien compris, nous sommes lundi. Il est 22 h 47. Je connais par cœur les heures d'ouverture de la SAQ la plus proche. L'idée d'acheter de la bière au dépanneur du coin surgit en moi comme une alarme. C'est au cas où je boirais plus vite que prévu mon stock de Wyborowa. Certains voisins prendraient l'auto. Moi, tel Grey Owl, j'y vais nu-pieds. De toute façon, j'ai été frappé d'interdiction de conduite pendant quelques jours, après ma piètre performance de l'autre nuit. Quand j'ouvre la porte du dépanneur, des grelots célèbrent ma venue.

Si un seul geste, un seul choix manque, c'est foutu, la chaîne événementielle est interrompue et le but souhaité reste en nous, dans notre désir, l'occupe, le ronge ou y meurt.

Ils font bien moins souvent l'amour à trois qu'à deux.

Il aurait été intéressant qu'après Christèle, Geoffroy s'agrippe à l'appareil de charriage pour capturer les deux filles avec ses jambes. Dans cette autre configuration, le malaise aurait peut-être été négligeable. Elles se seraient peut-être embrassées, elles.

Mais le jeu était mort après un tour seulement. Triste.

Geoffroy est plutôt penché sur l'ordinateur. Il travaille à la constitution d'une *playlist* de circonstance. Il fouille dans une discothèque électronique qui n'est pas la sienne, à la recherche de chansons qu'il connaît et aime. Christèle a préparé trois verres d'un alcool qui n'est pas le sien, et, sur le point de les servir, elle examine les affichettes et les photos aimantées au frigidaire. Et Sophia arrose une plante, la sienne.

S'ils étaient reliés par des lignes, ils constitueraient les pointes d'un triangle scalène.

Pour certains, les tentatives de flirt finissent toujours en échec. Ils ont perdu l'envie de se réessayer. Le temps progresse, fait son œuvre. Leur désespoir de plaire est un gaz en expansion qui fissurera tôt ou tard leur coquille d'animal blessé sous l'effet de l'alcool, gaz qui s'échappera, nauséabond, agira en excellent repoussoir, combiné avec la mauvaise haleine.

Ceci étant dit, j'entre chez Séduction, la boutique érotique. J'y vais, parfois. Après avoir renvoyé une vendeuse

en sarrau blanc, je circule. Je balaye du regard les articles,
m'impose comme acheteur potentiel, géniteur de commis-
sion. Mais je n'achèterai rien. M'ayant à l'œil, la même
vendeuse revient vers moi. C'est que j'ai pris un crayon
dont la gomme à effacer est en forme de phallus. Gaëlle,
à en croire son écusson, me le retire des mains et me pré-
sente le modèle pour homme hétérosexuel ou femme les-
bienne. La gomme à effacer de celui-ci a tout l'air d'un
vagin. Je demande :

— Vous pensez pas que je pourrais peut-être être un
homo ?

Après m'être encore débarrassé d'elle, je tombe sur une
petite culotte dont la pochette peut accueillir un cellulaire
vibrant. Ça irait bien à Christèle. Cette fois, Allison vient
me voir. Avec elle, ça clique plus. Nous avons une discus-
sion presque intellectuelle. Une discussion presque intellec-
tuelle est un échange de propos assez ordinaires agrémentés
de mimiques relatives au domaine de la pensée. Comme
sa collègue, elle veut que j'achète quelque chose.

Le garçon qui était avec Christèle, au rez-de-chaussée,
a crié le nom de son ami. Il a tourné ce nom en véritable cri révolutionnaire. Les deux syllabes échappées
à la faveur de l'indignation ont fait leur effet. Son ami,
au premier étage, dont les parents étaient à Vegas, s'est

dégagé de l'amie de Christèle et a dévalé l'escalier en short boxeur. L'amie de Christèle, elle, est descendue un peu plus tard, empoisonnée par la peur :

— C'est qui qui saigne ?

— Niaiseuse, c'est vos cheveux !

Des taches rougeâtres souillaient le tapis, mais aussi le divan, les taies d'oreiller de la chambre des maîtres partis à Vegas, même le t-shirt blanc de leur fils, qui avait sans savoir contribué au transfert pigmentaire, dans le noir, en pressant contre son ventre la tête de l'amie de Christèle, embarrassé par l'envie d'être sucé, qu'il avait cachée de moins en moins, mais qu'elle n'avait pas eu le temps de satisfaire. En plus, la maison de ses parents était souillée. Frustrant, tout ça.

Il faudrait ou il paraît qu'il faudrait que j'arrête. Comme d'autres, j'attends d'arrêter avant d'arrêter. J'attends le bon moment. Ces temps-ci, comme à bien des occasions, arrêter n'adonne pas beaucoup. Je préfère conti-nuer un peu, juste un petit peu encore, ne serait-ce que pour voir si plus tard serait un meilleur moment.

Je refais ce que je sais mauvais. Je bois une autre gorgée de Wyborowa. Je m'empoisonne. Je la prends comme un pied de nez à ma conscience. Elle est délicieuse.

Dans cet état d'esprit, je marche au milieu de la rue.
Une auto fonce sur moi. Je conserve ma trajectoire. Elle
ralentit, arrête. Je colle mes jambes contre le pare-chocs.
Pacifique, elle recule, se range, me laisse passer. Je
reprends ma marche.

J'arrive devant chez Mamie. La vue de notre Swift
automatique rouge me fige. Demain, je pourrai la
conduire à nouveau. Ma punition sera échue.

Mazout, le chat de Sophia, apparaît. Il est passé par
l'une des fenêtres. Contente de le voir, elle le soulève à
bout de bras. Une, deux, trois, quatre fois. Elle l'utilise
en tant qu'haltère, doit-on comprendre. Il ne bronche
pas, habitué au procédé. La présence d'étrangers semble
le déranger davantage.

Presque tout le monde peut soulever un chat à quelques reprises, exception faite des bébés. Affirmation,
ici. Soulever un chat à quelques reprises est quelque
chose d'accessible. Par contre, tout le monde ne le fait
pas. Tout le monde n'en a pas l'idée. Oh!

Christèle se sent dépossédée de son charme, volée,
plagiée. Elle est sombre.

Si c'était elle qui avait soulevé un chat à quelques
reprises, si elle était la seule à faire des trucs qui appar-

tiennent à la catégorie du chat soulevé à quelques reprises, tout irait bien. Elle aurait ça, au moins, faire de tels trucs. Et les autres auraient autre chose.

Il a cessé de pleuvoir. Je retourne au parc. Mon verre est un flambeau olympique. Je vais de long en large sur la bordure plantée d'érables préadolescents. Je fais les cent pas dehors.

Il faut bien commencer quelque part, il faut bien commencer par soupçonner quelqu'un.

L'un des voisins de Mamie doit être plus coupable de la mort de ses chats que les autres. Je serais tenté de les accuser tous, les accuser d'être alignés de cette façon, comme des dents, les dents d'une mâchoire impitoyable, la banlieue. Mais j'avoue avoir une certaine préférence défavorable pour le 8303, ce bungalow dont les briques blanches sont agrémentées de subtils brillants. Il se démarque, si laid, plus laid que les autres. Si j'étais déraisonnable, j'irais y sonner pour accuser les occupants, j'oserais passer entre les deux colonnes en résine de synthèse qui encadrent le porche.

Le problème de Christèle, c'est Geoffroy, non c'est Sophia, en fait c'est Geoffroy et Sophia. C'est leurs corps au même endroit, leur rencontre. Son problème, c'est d'être humiliée, laissée pour compte. C'est le levage du chat à répétition. Mais c'est aussi que Geoffroy la frappe d'une question cruelle, méchante : il lui demande, devant Sophia, si elle va bien. Et comme si ce n'était pas assez, il lui en pose une autre, déclinaison de la précédente, il lui demande si elle veut partir. Cette fois elle répond, elle répond d'un « non » d'orgueil, catégorique, coupant.

Le mieux serait de rester devant le bungalow aux briques blanches jusqu'à ce qu'un individu en sorte. Mais cette patience de détective me fait défaut. Je vais plutôt faire le tour du bloc pour constater ceci, que les autres maisons me laissent indifférent. Je reviendrai, je le sais, à mon choix d'origine.

Ça me rappelle quelque chose. Ma mère allait bientôt partir vivre à Boston et c'était son anniversaire ; jamais occasion de la célébrer n'avait été aussi bonne. Dans une boutique cadeaux du Vieux-Québec, j'avais eu le coup de foudre pour un étui en plastique jaune en forme de banane affecté à la protection de ce fruit. J'avais beau faire le tour du magasin, le refaire, les autres articles, tout comme les maisons voisines du bungalow aux briques blanches, me laissaient indifférent, n'arrivaient pas à la cheville du porte-banane. Et son prix était dérisoire. De plus, le personnel était fort sympathique.

La réalité se surpassait. J'aurais dû préserver ce moment, savoir le préserver. J'avais cette naïve confiance en la vie, tout à coup, confiance en moi aimant la vie, maintenant que j'avais vécu une bonne expérience. J'extrapolais, quoi!

Chez une tante, où avait lieu la soirée pour ma mère, j'ai été désenchanté au contact de la famille et j'en suis venu aux mains avec mon oncle irresponsable. Il était plus saoul que moi et avait traité mon père, son ex-beau-frère, de fif.

L'adolescente Christèle et son amie riaient des deux petits fils à papa. Le tachage d'un décor intérieur laid ne les amusait pas, eux. En riant, elles les montraient du doigt comme si le reste du monde était derrière elles dans le salon, les appuyait.

Ça sentait la guerre. Les deux chefs rivaux, c'étaient Christèle et le fils dont les parents étaient à Vegas.

Il lui a empoigné un bras pour le lancer vers le plancher comme une balle qu'on veut faire rebondir jusqu'au plafond.

Elle était très en colère.

— Vous êtes ridicules, vous êtes juste deux autres caves de plus. Vous faites pitié…

J'ai eu recours aux services d'une masseuse. J'aurais peut-être dû laisser tomber. En plus de me confirmer mon impuissance, elle a ravivé la mémoire de la call-girl arnaqueuse. Ensuite, je m'ennuyais beaucoup de mes exhibitionnistes professionnels. J'ai garé la Swift devant ce que je présume être l'immeuble où ils habitent, où je les ai déjà débarqués, rue Panet. C'était une mauvaise idée. Ça aussi. J'enchaînais les mauvaises idées. S'ils me surprenaient ici, je risquais d'être banni. J'ai décollé sur les chapeaux de roues et j'ai roulé dans la ville. La déprime me confinait à l'errance motorisée.

Geoffroy donne une leçon d'anatomie à Sophia la dominatrice. Les fossettes qu'elle a là, ces deux petits creux lombaires, au-dessus des fesses, entre les franges de la guêpière et le haut du jean coupé court, eh bien on les appelle *sacro-iliaques*. Ou *losanges de Michaëlis*, si elle préfère.

Mais Christèle a déjà eu droit au même apprentissage ; elle se croit dans un mauvais rêve ; il les lui avait « donnés » à elle, ces mots : *sacro-iliaques, losanges de Michaëlis*, comme un gage d'amour, et le voilà qui les offre à la première dominatrice venue.

Son image de lui s'altère ; elle le soupçonne d'avoir appris à une quantité non négligeable de filles le nom de ces deux trous formant un triangle avec celui du derrière. Elle le soupçonne d'en avoir beaucoup pratiqué la prononciation.

J'attends encore un peu avant de les rappeler. J'attends d'avoir assez attendu. Ce n'est pas parce que je les paye que je suis un être agréable. Les payer augmente simplement le risque de les voir arriver ici même s'ils sont tannés de moi.

Entre-temps, j'accomplis mes devoirs Internet. Mon rôle est peut-être passif, mais il implique une certaine préparation. Je voudrais avoir autre chose à leur proposer que la position de la « cow-girl inversée ».

Dos à Geoffroy, Christèle me regardait. Elle le chevauchait, lui, et me dévorait des yeux, moi. C'était faux, du cinéma. Christèle faisait une Veuve *d'elle-même. Je lui ai demandé de pivoter, de devenir cow-girl non inversée. Ainsi positionnée, elle jetait parfois un petit coup d'œil vers l'arrière pour garder contact avec moi. Ou bien elle voulait me surprendre en train de zyeuter ses béances. Difficile à dire.*

Après avoir joui, ils se sont un peu oubliés devant moi, l'un sur l'autre, se sont murmuré des trucs, peu importe quoi. « Allô », « merci », « descends », « j'ai mal », c'était tous des mots d'amour, à mon avis.

J'ai siffloté.

La haine, la violence, avait reporté le rhabillage. C'est en sous-vêtements que le petit monsieur en chef a poussé la jeune Christèle, en sous-vêtements aussi. Ç'aurait pu être pour rire. Ç'aurait pu être les prémices d'une poursuite à l'extérieur, qui finit dans une fontaine, où ils se seraient éclaboussés. Mais non, le petit monsieur était d'autant plus fâché qu'elle continuait de le singer avec la voix d'un retardé. Il l'a frappée, cette fois il l'a frappée, lui a donné une claque marquante, dont elle se souviendrait, dont lui-même voulait se souvenir, en tant que personne qui la donnait. Il lui a ensuite administré un coup de poing dans le ventre, pour être certain de lui faire comprendre dans quelle mesure il existait, aussi pour la sensibiliser à la possibilité d'un plus gros.

Elle avait déconné, avec ses cheveux, avec sa personnalité, avec son amie, autrement il l'aurait bien traitée, il ne lui aurait jamais fait ça, jurait-il.

Elles avaient le choix à présent, elles pouvaient gentiment ôter leur slip ou bien essayer de le garder, pour voir si c'était aussi facile que de tout tacher chez des gens et de s'en foutre. Christèle a ordonné à son amie de s'habiller. Quand, juste à cause de cette parole, elle a été immobilisée au sol, victime d'une très rude clef de bras, elle a prédit une suite bien plus funeste que lorsqu'elle se chamaillait avec son frère aîné. Pour la première fois de sa vie, elle sentait le souffle masculin de la mort lui caresser le visage.

Premier rêve. Au centre d'une classe d'économie familiale trônait un tas de terre en forme de pic Uhuru. Les étudiants de l'enseignement aux adultes dont je faisais partie étaient dispersés tout autour. Chacun devait placer des patates douces sur les versants. Sans que ce soit dit, nous jouions à un jeu potager de société. La compétition était sournoise. Et mon stock (de patates douces) a disparu tout bonnement. D'après moi, on me l'avait volé. J'ai alors déposé une plainte auprès de l'instructeur en chef, responsable du projet. Il faisait semblant de ne pas m'entendre.

Je me suis réveillé et j'ai pensé à tout ça, jusqu'à satiété. Et j'ai replongé dans le sommeil.

Second rêve. Cette fois, j'étais dans un centre de thérapie aquatique. Je voulais me baigner avec les poissons. Un préposé, un maître-nageur, qui sait ? m'a dit : « Je te le déconseille » (pour qui se prenait-il, celui-là ?). Il a ensuite continué à placoter avec ses collègues syndiqués. Malgré mon dilemme existentiel : me jeter ou pas dans la piscine poissonneuse dont tout le monde parlait en ville ? je m'y suis comme téléporté dans la suite de mon incontinence intérieure. Elle abondait moins en eau qu'en poissons. Ils ressemblaient tous à des carpes sans moustache. Ils roulaient ensemble au gré des vagues, me chatouillant les jambes. Ils n'étaient pas morts, ils dormaient.

Je me suis encore réveillé et j'ai encore réfléchi. Après la terre et l'eau, ce serait quoi, l'air, le feu ?...

Christèle a envie de partir. Non, c'est de claquer la porte dont elle a envie. Si elle était sûre que Geoffroy la rattraperait dehors, la couvrirait de gentillesses, d'excuses du dimanche, elle oserait peut-être. Au lieu de perdre son calme, elle arrive à juste imaginer le perdre. Il faut que je retienne ce truc, songe-t-elle. Le soulagement d'avoir évité le claquement de porte, la catastrophe, le manque de contrôle ressemble à celui qui suit un cauchemar. Elle veut surtout avoir l'air d'encourager le plaisir d'autrui. Le souvenir qu'elle veut laisser dans le loft de Sophia la dominatrice est celui d'une fille super. Cependant, elle pense encore aux *sacro-iliaques*. Ou *losanges de Michaelis*, si elle préfère. Le mieux, d'après elle, serait que personne n'en possède.

Dans mon sous-sol de Mamie, ils ont remis leurs vête-ments. Christèle a reposé son cul sur le divan pour enfiler ses souliers. J'espérais que Geoffroy l'imite et qu'une belle discussion démarre entre eux et moi, de part et d'autre de la table basse en contreplaqué, style Armée du salut.

Je pouvais les laisser à l'angle du boulevard Rosemont et de l'avenue Christophe-Colomb, si je voulais. Oui, je le voulais. Une question me brûlait toutefois : pourquoi là ? J'ai su m'empêcher de la leur poser. Je dois savoir faire preuve de retenue si je veux un jour être engagé comme chauffeur. N'est-ce pas, Maman !?

D'une bonne manœuvrabilité, ma Swift rouge de Mamie avait disparu. Elle n'était pas dans l'allée ni dans la rue. Comme bien des mamies, la mienne est coquine. Je leur ai dit qu'elle ramènerait sûrement l'auto bientôt, mais ils ont préféré attendre un taxi.

Je suis resté sur le paillasson à les regarder partir. Tout ce que je pouvais faire, c'était de les trouver beaux en oubliant mon orientation sexuelle.

La domination est un métier d'autant plus payant que le client est banquier et aime-déteste qu'une vilaine lui vide les poches jusqu'au dernier sou, ne lui laisse rien pour prendre un taxi. Il y a aussi le décret paradoxal selon lequel plus c'est dégueulasse, plus ça coûte cher. Par exemple, la défécation dans la bouche.

Pour punir le prof d'université qui déplorait le peu de caca, Sophia l'a menotté à l'appareil de charriage, lui a mis dans la bouche une boule l'empêchant de recracher la susdite substance et, sur la tête, une cagoule recréant l'effet de serre. Ensuite elle lui a donné des coups de pied. C'est vrai.

Les histoires de Sophia passionnent Geoffroy. Il les écoute avec beaucoup d'attention. Elles viennent enrichir son répertoire de l'inusité (femme restée cinq années dans un sous-sol, autre femme assise pendant deux années sur un siège de toilette, chien conducteur de pick-up, pluie de poissons, John Merrick, injaculation mortelle, etc.).

Mais les mêmes histoires, de Sophia, irritent Christèle.

Mamie aurait préféré sortir de sa Swift à sa manière, lente. Je l'en ai presque arrachée. « Je t'expliquerai!» ai-je dit à travers le châssis, infatué par ma mission. C'était comme voler ma propre auto de Mamie. Pour la seconde fois.

Geoffroy et Christèle venaient de monter dans le taxi. J'avais la possibilité de les rattraper, de les suivre. Au cas où j'échouerais, je pourrais toujours me rendre à l'angle du boulevard Rosemont et de l'avenue Christophe-Colomb, où finissait leur course.

Ils ne pouvaient pas m'avoir menti à propos de la destination, impossible, puisqu'à l'origine, j'étais censé moi-même les conduire.

Mais leur taxi m'échappait. Il avait emprunté un autre chemin que le mien ou il triomphait de ma capacité de reconnaissance. Je savais ce qu'il me restait à faire. J'ai roulé sur l'avenue Christophe-Colomb, sur le boulevard Rosemont, sur l'avenue Christophe-Colomb de nouveau, et encore sur le boulevard Rosemont, avec une déception grandissante. Autrement dit, je n'espérais plus apercevoir mes deux cochons favoris quand le 1082, le Local 1082, ce collège d'échangisme, a éclos dans ma vue et, très peu après, dans mon esprit. Il m'avait fallu passer quatre fois devant pour prendre conscience de son existence. Je me rappelais maintenant avoir lu un article le concernant. Des clients en serviette étaient montés dans un autobus du Service incendie de Montréal pendant que les pompiers se préparaient à arroser les flammes. J'étais fier de ma mémoire, consolé de ses lacunes.

Ma théorie est la suivante: Geoffroy et Christèle travaillent parfois là. C'est ce que j'ai trouvé de mieux.

La tête de côté, contre le tapis, sous une main de petit homme vexé, la jeune Christèle ne voyait pas grand-chose. Son champ de vision se limitait à un immense meuble modulaire serti d'une grande télévision.

Elle avait même été privée du spectacle de l'enlèvement de sa culotte, ce très important mais petit morceau de linge. Elle avait juste eu droit à la sensation, à la sensation de retrait.

Je crois avoir une piste. Une vraie. Un homme, devant la maison aux briques blanches, probablement son propriétaire, fait sortir à fort jet de son boyau d'arrosage l'or bleu de la planète. Il nettoie le segment de trottoir contigu à son terrain. Il repousse dans la rue poussières, morceaux d'emballage, petites roches, brins de gazon tondu. Ensuite c'est sa rocaille qu'il asperge. Puis un arbre mature. Mature! Finalement, le chemin dallé pour roitelet de banlieue, qui va de l'allée de stationnement à l'entrée de la maison.

S'il est capable d'un tel gaspillage d'eau pendant que des milliards de citoyens du monde ont soif, il est capable d'avoir empoisonné les chats de Mamie.

Bon, assez travaillé pour aujourd'hui.

Christèle monte à la mezzanine, mais redescend pour remonter avec le verre qu'elle a laissé sur le comptoir, pendant que les deux autres parlent ensemble. Elle se fatiguait à les intéresser par le mouvement de sa langue et elle continue par celui de son corps. Elle redescend, cette fois pour flatter Mazout, installé comme une pondeuse sur un banc. Mais il haït ses caresses, pourtant adéquates. Il bondit sur le plancher, va plus loin poser son arrière-train, et l'observe avec suspicion, l'air de comprendre qu'elle traverse une mauvaise passe.

Il arrive qu'on joue à Dieu en privant d'attention une personne habituée à en recevoir.

Vaincue, Christèle gagne la porte, l'ouvre et la referme en douce, plutôt que d'obéir à son envie de la claquer. Elle quitte l'appartement de cette manière. Son but est maintenant d'être remarquée par l'intermédiaire de son absence.

Dehors, elle fantasme, les espère inquiets, les imagine en train d'appeler la police. Mais la rue est très peu accueillante, avec sa désolation, sa bruine, ses deux panneaux d'interdiction, elle mène d'un côté à la clôture du Canadien Pacifique; et de l'autre, aux prédateurs sexuels.

Interroger le voisin aux briques blanches reviendrait à le mettre au parfum de mes soupçons. Je refuse de les lui offrir sur un plateau d'argent. Je refuse de lui offrir une bonne occasion de m'éviter, de me déjouer, moi justicier. M'est avis que la majeure partie de sa vie est une négation, dans laquelle il a jeté, comme aux vidanges, son double meurtre félin. Je me prends pour un autre, vis-à-vis ce genre d'homme. Je n'ai pas le choix, si je dois incarner le bon.

Sans code, ni cellulaire ou sacoche, Christèle se trouve dans l'impossibilité de réintégrer le loft de Sophia la dominatrice. Elle aurait dû réfléchir un peu plus, mieux planifier sa survie, son rejet.

Sa négligence provient de la douleur.

Elle contourne l'immeuble, va sur le côté siffler puis hurler son déracinement parmi des fougères et des arbustes indigènes, sous la fenêtre par laquelle elle croit que Mazout est passé tout à l'heure.

Elle a misé juste. Geoffroy sort la tête :

— Qu'est-ce tu fais là!?

— J'déterre des ossements.

Il lui dit d'aller dans le hall d'entrée, où elle va, attend quelques secondes avant d'entendre un « allô » en provenance de l'interphone. Après il lui communique par là quelques niaiseries pour la pousser à l'impatience, avant d'appuyer sur le bouton. Elle ouvre la porte et monte au Ier étage, égrène les marches en se faisant une contenance, une beauté dont la fleur est le sourire, la bonne humeur.

Je devais des explications à Mamie. Mais elle en exigeait surtout à propos d'un sujet imprévu. Mon départ brusque de tout à l'heure l'avait armée d'une accusation déparée.

Pourquoi, d'après moi, se sentait-elle obligée de quitter sa propre demeure parfois? J'ai fait l'innocent et ça l'a rendue plutôt précise. Elle m'a parlé des cris que mon « amie » Christèle expectore depuis le sous-sol. Me croyait-elle impliqué dans quelque trio passionnel? Je l'ai invitée à ne pas s'inquiéter.

— Je m'inquiète pas. Je suis fâchée, bon!

— Mamie!

Voyant qu'elle doutait de moi plus qu'à son habitude, j'ai pris panique et fait diversion en transgressant le tabou de ses chats; j'ai déclaré en avoir peut-être trouvé l'assassin. Je lui faisais de la peine, avec ma vision d'empoisonnement. Elle préfère les imaginer partis à l'aventure, en voyage, en train de gambader dans les prés de l'Alsama. D'accord. Je lui ai présenté mes excuses, plus d'une fois, incapable de m'arrêter. Il a fallu qu'elle me console de la peine que je lui faisais.

C'est une sainte, une sainte pour qui je suis allé faire des emplettes. Du beurre, des amandes, de la laitue… Je rayais « citrons » sur la liste quand j'ai eu envie d'y ajouter « fleurs ».

Christèle et son amie avaient tout à fait perdu l'envie de rire. Leur sérieux était profond, plongeait jusqu'à leur naissance, jusqu'aux origines, en passant le long de leur échine, d'organe en organe. Le temps s'était fêlé. Un saut, une syncope, entre maintenant et tout à l'heure, retentissait, retentirait toujours. Elles obéissaient, cédaient leurs corps, attendaient qu'on en ait terminé, sans savoir ce qu'il en resterait. Il y avait cette nébuleuse consolation, difficile à assimiler, celle d'être deux, d'être ensemble violées, chacune par l'ami de celui qui ne l'avait pas violée. Chacune ne s'était pas fait violer par l'ami de celui qui la violait en ce moment.

Sur le dos, disposées dans le même sens, elles fusaient dans la lumière, au cœur de la lumière, marionnettes d'un spectacle que les deux petits messieurs dirigeaient. L'un prenant exemple sur l'autre, ils frottaient les têtes teintes sur le tapis ocre, le poing serré dans ces cheveux, si ce n'était juste pour les tirer. De cette manière, ils rajoutaient du rouge, grossissaient le dégât, pour mieux y enfoncer les filles comme des chiennes, les haïr, les prendre de force.

Cette fois, j'ai su synchroniser le cours de conditionnement physique de Mamie et mon rendez-vous. C'était une chance qu'ils puissent venir ici pendant cette plage horaire.

Puis à travers les cris de Christèle, j'ai cru entendre un bruit à l'étage. En fait, je craignais un retour inopiné de Mamie. Je suis monté. Elle n'était pas encore rentrée, comme de raison. Il aurait fallu une torsion de cheville ou un mal de ventre pour l'empêcher de faire ses exercices au centre communautaire. Tant qu'à être là, je me suis mis à sa place. Je tendais l'oreille sans entendre Christèle. Quand je suis retourné en bas, j'ai compris, ils avaient cessé de faire l'amour. Disons qu'ils avaient ralenti.

— Qu'est-ce vous faites!?

— Toi, qu'est-ce tu fais!?

— Je vérifie quelque chose.

Je comptais sur Christèle. Avant de remonter, je lui ai dit :

— Comme tantôt, fort comme tantôt, OK.

Christèle veut en finir une fois pour toutes avec l'accablement. Son geste est clair, direct, physique. Elle prend Sophia par la main, la tire, la traîne, l'emmène de force jusqu'au centre du loft. Elle l'invite de cette manière à danser un slow.

La chanson qui vient de commencer, il faut dire, est irrésistible, recrée l'espace, change l'air en émotion : *For the damaged.*

Geoffroy est assis par terre, les mains jointes, les coudes appuyés sur ses jambes en lotus. Il les regarde onduler, tourner lentement. Il remplacerait bien son regard par son corps, enverrait bien son corps où son regard va, jusque-là, sur elles.

Mais cette danse ne lui appartient pas, conçoit-il. C'est Christèle qui l'a initiée, en a eu le courage, pas lui.

En ce moment, il l'admire, mais il n'a pas oublié qu'elle lui tapait sur les nerfs il y a à peine une minute.

Christèle a eu un spasme d'affection pour moi, elle m'a pris par le bras au-dessus du frein manuel. Face à cette situation nouvelle, inattendue, difficile à gérer, j'ai exprimé mes sentiments.

— Est-ce que t'es en train d'avoir pitié de moi?

— Oui.

Combien de pitié pour moi lui fallait-il pour quitter Geoffroy et venir vivre dans mon sous-sol de Mamie?

— Faudrait que j'en aie plus pour toi que pour lui? Ah, ah, ah!

Quant à Geoffroy, il semblait préférer descendre du véhicule en marche au lieu de participer à notre plaisir.

Elle s'en est prise à lui, l'a désaimé, pendu à mon bras, l'a humilié pour de vrai, même si c'était juste de la comédie. En tout cas c'était très plaisant pour moi, quoique de courte durée.

Il avait fallu qu'elle se fasse du bien en le méprisant pour se remettre à le respecter.

Je n'étais déjà plus le favori de personne, alors j'ai fait l'intervieweur, je leur ai demandé s'ils l'avaient vu ou lu, Le mépris. Ils connaissaient l'œuvre par ouï-dire et en étaient curieux depuis un bon petit bout de temps. Mais ils loupaient mes allusions et ça m'a fait une gloire, une gloire de laid, que j'ai gardée par-devers moi le plus longtemps possible.

Je les ai dropés, que dis-je, je les ai abandonnés, laissés à eux-mêmes, seuls dans la fange du Centre-Sud.

Je les invite bien dans mon char de Mamie, moi. Ils pourraient m'inviter entre leurs corps. Je sais déjà quelle serait ma position ; j'accorderais ma façade avec celle de Christèle, et le reste irait à Geoffroy. Ah, ah, ah, ah, ah ! Les risques que ce genre de scénario prenne forme dans la réalité sont, ai-je besoin de le mentionner, nuls. Nuls. De toute façon, j'ai bien assez de manger, de boire, de visionner des DVD, d'aller au parc, de lire le journal, de prendre une douche, de parler à mon père ou à ma mère au téléphone, de rester couché sur le dos sans dormir. Ah, ah, ah !

Ma très courte idylle avec Christèle m'a mis de bonne humeur, on dirait.

Pendant la danse, Christèle caresse le dos de Sophia, ajoute aux ronds mouvements des corps ceux de sa main. C'est comme si elle voulait s'attacher à Sophia par un nœud de gestes. Ensuite elle essaie de l'embrasser. Mais Sophia sauve sa bouche, cherche où la placer. Elle a la mauvaise idée de la mettre dans le cou de Christèle, qui, sentant là une invitation, invitation chaude et humide, va lui béquer la joue dans le but subtil et tendre de glisser vers la commissure pour marquer. Mais Sophia opère un pivotement de tête bien pensé.

L'air languide de Blonde Redhead est sur le point de mourir. Christèle devrait trouver tout de suite le moyen ou le courage brut de coller son bec sur celui de la dominatrice, d'y introduire une langue incrachable, de lui violer la bouche, avant qu'une autre musique commence, qu'un autre tempo rende l'exercice encore plus ardu.

Mais Sophia a une attention surprenante, elle la serre fort, très fort dans ses bras.

Qu'est-ce que cela signifie ? Rit-elle d'elle ? S'excuse-t-elle de résister au french kiss ? Célèbre-t-elle la fin de la pièce musicale ? Tout ça à la fois ?

Elle est comme ça, Sophia, un peu vampire. Un certain brouillard l'entoure. La lire est difficile. Elle déteste être lue.

Je revois en diaporama mental cet homme hautement syndiqué du centre de distribution alimentaire de l'Hôtel-Dieu de Québec, où j'ai déjà remplacé quelqu'un. Quand il arrivait le matin, surtout s'il était en retard, j'imaginais qu'il s'était enfin décidé à découper sa femme en morceaux avant d'aller travailler. Je comprenais mal pourquoi cet homme si hargneux, dont les traits du visage dessinaient la hargne même, était encore en liberté. Comment pouvait-il avoir à ce jour échappé à la folie meurtrière, à l'incarcération? Mais la question primitive restait de savoir pourquoi il ne m'avait pas encore pété la gueule. Quand il exprimait le désir de le faire, ma nervosité me faisait l'interroger, lui poser des questions sur ses empêchements, voire ses motivations, ce qui faisait de moi un intellectuel à ses yeux, c'est-à-dire un être d'autant plus frappable.

Il se retenait encore, toujours, en brandissant parfois même le poing. Tanné de cette intrigue, j'espérais presque qu'il passe à l'action, comme si c'était une histoire d'amour.

En tout cas, faire équipe avec lui était très désagréable. J'aurais dû être mieux payé, avoir une prime, deux. Si je le frôlais sans faire exprès ou si je prenais trop de temps à son goût pour exécuter l'ordre qu'il m'avait donné alors qu'il n'était même pas mon supérieur, par le matériel il exprimait son besoin de me faire mal. Je recevais une grosse conserve de jus de pomme sur mon corps hitchcoc-

kien ou bien je me faisais coincer entre un mur et le chariot élévateur.

Je te le dis, Maman, cet homme, une version vilaine de Oiseau (le batteur du défunt groupe Corbeau), m'a beaucoup aidé à me faire haïr le travail.

Geoffroy voyait besogner Christèle, savait trop bien ce qu'elle tramait ; il la connaît. À quelques mètres de distance, c'était évident, le manque de subtilité était gros, comique.

La voir réussir, la voir embrasser Sophia, aurait été l'occasion de se jeter en pensées sur elle ou d'espérer que vienne son tour. Mais elle a échoué et n'en a pas l'habitude. L'échec de Christèle constitue pour lui une satisfaction, une assurance, de quoi mieux convoiter Sophia, devenue, par sa démonstration d'inaliénabilité, une personne d'autant plus rare.

Il pense au vedettariat, ce phénomène qu'il exècre par-delà Christèle, en qui il voit une victime potentielle. D'après lui, elle serait capable de devenir une vedette et d'en rester une au détriment de bien des choses importantes comme l'amitié ou l'amour.

Une soirée, elle tournait devant lui, mais surtout autour d'une étoile masculine montante du cinéma d'ici. L'attitude qu'elle démontre en ce moment lui rappelle ce mauvais souvenir.

Il arrête parfois de vouloir l'aimer, cherche des raisons pour arrêter de l'aimer, une issue au couple dont il fait partie. Il rêve de rompre. Ça lui fait du bien, un bien semblable au songe suicidaire.

Le monde aime trouver des petits trucs pour survivre aux choix qu'il a fait. Il est très bon, le monde, pour trouver des petits trucs laids. Il devrait plutôt voir à ce que j'aie moins envie de boire avant d'aller à sa rencontre, il me semble. Ainsi, il aurait moins envie de me fesser. Et j'aurais moins envie de boire avant d'aller à sa rencontre, il me semble. Ainsi, il aurait moins envie de me fesser…

Pourquoi dis-je cela, encore ? Ah, oui ! Un pigeon venait de tomber du ciel, sur le trottoir, comme s'il avait été plombé. Il devait avoir foncé dans une fenêtre du building. Il est tombé, pif. Et là un échantillon du monde a ri. C'était deux gars. Ils étaient bien trop heureux dans leur tenue de ville coupée sport. Je leur ai dit que seules des crapules peuvent réagir de cette façon face à la mort d'un animal, que leur réaction était l'un des pires crimes non punis par le système judiciaire du pays. Alors ils ont cru montrer du courage en se mettant deux contre moi, pif. Quand toute cette violence a été finie, elle était finie. Pif.

Le soir venu, tu veux te changer les idées. Tu veux oublier ce qui s'est passé dans la journée. Croire en une sorte de monde meilleur! Tu intègres une fête où tu n'es pas invité, mais où tout le monde est admis. Tu t'efforces d'avoir de l'allure. Si on te remarquait, tu voudrais que ce soit pour de bonnes raisons. Tout va donc bien grâce à ta retenue. Puis tu vas imaginer que c'est le soir de tes soirs parce qu'une fille (rien de surprenant jusqu'ici) vient vers toi (ça, ça l'est); elle marche dans ta direction en te regardant. C'est toi, c'est toi qu'elle cible. Vos yeux sont liés par une ficelle à laquelle, aux extrémités, il y a habituellement des boîtes de conserve vides pour communiquer avec grand-papa quand on est petit. Tu aimes la penser tannée de l'individualisme et désireuse d'y remédier avec toi. Tu es bien d'accord avec elle avant même de connaître ce qui l'habite vraiment. Tu la regardes venir par le prisme de ton manque. Cette fille se distingue de toutes les autres parce qu'elle vient vers toi. Dans une ou deux secondes, elle pénétrera ton atmosphère personnelle, les secondes les plus heureuses de ta vie. Ce moment, tu voudrais qu'il dure toujours. Mais en vérité elle s'avère être une jeune lesbienne de 19 ans venue te faire des remontrances. Tu les embêtais comme un épouvantail, sa copine et elle, l'autre soir, sur le plancher de danse d'un bouge rock. Il faudrait arrêter de faire ça. Elle te le dit pour ton bien.

C'est donc ça, le viol. Christèle observait avec ironie son présent, la scène du réel dans laquelle l'emprisonnait son agresseur, pourtant plus «doux» que le garçon qui ne l'avait pas violée mais qui violait son amie en ce moment. Elle se demandait d'ailleurs comment celle-ci allait. «Christine?» *Christine et Christèle, Christèle et Christine. Christèle et Christine...* Puis son esprit est retourné à son «cavalier». *Il me viole, il me viole, il me viole, il me viole...* Ensuite elle a songé à son frère, un petit con peut-être, mais gentil au fond. Chose certaine, il lui manquait beaucoup en ce moment.

« Geoffroy et Christèle mon œil », ai-je dit.
C'était une façon de les retenir dans l'habitacle.
Ils tiennent à leurs pseudonymes comme à la prunelle de leurs yeux. S'ils continuent à celer leurs vrais noms, notre relation restera superficielle. Et en refusant de me montrer une pièce d'identité, ils endurcissent mon scepticisme.

Si l'ordinateur avait notre sensibilité, il baisserait lui-même le volume. Mais Geoffroy s'en occupe. Pleurer quand la musique est forte, enterre les sanglots, les ignore, c'est encore plus triste. Et à moins d'avoir six ans ou de bonnes raisons comme le surmenage professionnel, pleurer parce que la dominatrice a gardé sa bouche pour elle, c'est idiot. Christèle répète d'ailleurs qu'elle ne sait trop ce qui lui prend, elle s'excuse, elle est vraiment désolée. La soirée, la nuit, le plaisir, doit continuer malgré tout. À l'entendre, ses larmes seraient autonomes, indépendantes d'elle, couleraient sur elle comme ça, pour rien.

D'interrogation, d'impuissance, elle lève les bras pour les laisser retomber sur ses cuisses comme deux paquets.

Geoffroy devrait éprouver de la compassion, mais les sanglots de Christèle le laissent assez indifférent. Il accomplit malgré tout son devoir de petit copain, pour la forme, il essaie de la consoler. Même qu'elle l'irrite. Il n'y peut rien. Elle est triste, lui irrité, et ils n'y peuvent rien. Ensemble mais séparés, ils n'y peuvent rien. Et Sophia est fatiguée, étendue dans son lit, à la mezzanine. Elle a jugé bon de les laisser seuls en bas.

Le son des reniflements et des susurrements mêlés au murmure musical lui parvient comme une rumeur soporifique, une balade d'un amour auquel elle est bien contente de ne pas participer. Elle s'endort de cette façon.

Geoffroy est certain de l'avoir entendue ronfler. Il monte sur la pointe des pieds le vérifier avec les yeux. Soi-disant poussé par cette mission factuelle, il va constater sa déception, les très faibles chances d'une conclusion nocturne en forme d'aventure à trois. Mazout, tel un sphinx sur l'oreiller conjoint, le regarde regarder sa maîtresse dormir.

J'ai déniché des sortes d'amis. Je les paye, certes, mais avec un argent que j'ai purifié avant de le leur donner, avec un argent sur lequel j'ai, avec de la volonté, des froncements, transféré l'énergie de notre avènement prophétique.

De toute manière, c'est eux que je veux payer. C'est eux qui font l'amour devant moi pendant que je bois et me touche de l'autre main, que je veux voir faire l'amour devant moi pendant que je bois et me touche de l'autre main. Nous avons nos petites habitudes…

Puis je leur ai demandé si je pouvais prendre des notes. Leur consentement m'a fait chaud au cœur. J'ai troqué mon sexe contre un crayon. J'en avais un peu, beaucoup marre, de lui. De ce sexe à peine ferme. Ce foutu organe. Qui n'en fait qu'à sa tête, se contrefout de moi.

J'avais donc un peu moins l'air d'un gros cave de cochon. J'avais l'air d'un gros cave de cochon d'intello. Eux aussi peuvent me voir !

À côté de mes gribouillis, j'ai retranscrit dans le calepin l'humour de Christèle : « Pis, la thèse, ça avance ? »

Mamie était à l'étage. Je les avais mis au courant du problème sonore. S'ils peuvent jouir à peu près comment et quand ils veulent, ils peuvent aussi travailler en silence ou presque. Le contrôle de l'incontrôlable, ils connaissent. Ce sont mes amis.

Au début de leur relation, ils passaient des heures et des heures au lit. Ils y faisaient toutes sortes de choses, des siestes, des chamailleries, du sexe et des trucs moins propres au lit, comme manger, regarder des films ou jouer à Risk. Ils y discutaient aussi beaucoup, sur le dos. Le plafond constituait une voûte, un ciel. Leurs voix étaient feutrées, harmonisées à la pénombre. Le ton était noble, les choses devenaient rondes. Il y avait cette omniprésence du pardon, cette sagesse, une bonté. Ils s'apprivoisaient au centre du monde, dans le lit.

Ils ont partagé leurs agressions sexuelles comme on échange des vœux.

Une nouvelle ferveur scintillerait entre eux.

Christèle avait raconté à d'autres sa mésaventure des cheveux rouges qui ont déteint sur le tapis, mais le plus souvent sans faire mention du viol. Cette fois, tout, l'histoire intégrale est sortie de sa bouche.

Il la prévenait. Son agression, à lui, n'avait rien d'un viol, c'était moins grave. Il avait besoin de le mentionner.

Elle lui a pris la main, a pouffé. Il lui a demandé ce qu'elle trouvait drôle. Elle était juste bien.

Ils forment ensemble un être que je désire un peu comme une femme aime un homme. Ils sont à prendre ensemble ou à laisser. N'empêche que leur union me contrarie.

Lorsqu'il est temps de réaligner mon esprit sur la part de mon existence qu'ils désertent, c'est difficile, mais seul moi détiens ce pouvoir.

Je continue de croire le voisin aux briques blanches l'assassin de Fou et de Famine. Ça m'arrangerait bien, qu'il les ait tués, puisqu'ils sont sûrement morts. Je sors voir s'il n'est pas en train d'offrir au grand jour d'autres indices de sa culpabilité. Pas de bol.

Dehors je reste un peu. Mon désœuvrement est à son comble. Je ramasse même une brindille et me mets à la mâchouiller.

Une femme et moi nous croisons. Elle a une blouse en taffetas jaune moutarde et un bermuda de nylon noir sur le pli duquel j'aurais pu me couper un doigt si j'y avais touché. Je l'ai échappé belle. Mais d'abord, qui est cette femme ? Qui est cette femme !? J'insiste.

Je réintègre déjà mon sous-sol de Mamie pour m'acquitter d'une vérification que j'effectue une ou deux fois l'an. Aux commandes de mon ordinateur, je constate avec un certain soulagement mon manque d'intérêt pour les dames âgées en costume d'Ève. Et je continue sur l'Internet ce que j'ai commencé dehors, je flâne.

Un peu plus d'un an avant de rencontrer Sophia la dominatrice, ils attendaient à l'entrée d'un 4 ½ qu'ils voulaient visiter, sans rendez-vous. Édith, la locataire et soussignée du bail, était essoufflée. Elle avait couru du balcon jusqu'à la porte. Ils l'ont suivie de la porte jusqu'au balcon, où elle a terminé de tailler les tiges d'un mini-potager. Elle venait de leur faire une petite démonstration de son quotidien, dont elle était un peu fière. Peut-être parce qu'elle avait grandi au Lac-Saint-Jean, c'était facile de parler avec elle. La peau de son visage, un peu grasse, brillait, ses yeux jasaient et sa bouche savait patienter. Les petits malaises de la communication étaient bien agréables avec elle. Elle leur avait presque fait oublier le but de leur visite. Elle les changeait de ces gens qui portent des œillères, de ces bêtes humaines, ces individualistes, aliénés urbains, figurants.

Je peux bien sûr m'enfoncer plus avant dans cette laideur de tous les jours, recréer le dessin de mon visage avec la matière de ma vie, boire et boire, décevoir ma mère à distance ou lui réserver cette mauvaise surprise pour son retour au Québec, la déchéance accrue de son fils unique. Je peux aussi faire tout ça en m'adonnant à cette négation positive qu'est l'histoire de Geoffroy et de Christèle.

Je parle d'eux sans moi. Je parle de disparaître, de disparaître à travers eux.

En attendant, Mamie doit faire ses devoirs d'éducation physique, attribut de son cours. Elle croit qu'ils me feraient du bien, à moi aussi. Elle propose le mont Royal. De la marche rapide au mont Royal. C'est original, ça! Moi je propose de la déposer au bas de la montagne et de la réceptionner à la même place plus tard. Je suis sérieux.

— Y'en est pas question!

Ses bras bougent comme les bielles d'une locomotive à vapeur. C'est ma mamie, j'essaie de la suivre. Je suis capable! Nous ricanons parfois à travers nos efforts. Rendus au chalet du mont Royal, ce temple taoïste, nous ralentissons le pas et, contre ses conseils, je m'arrête et souffle en admirant la ville, appuyé sur la rambarde du belvédère. Elle, elle fait de la marche stationnaire à côté de moi.

L'heure de pointe, dans un wagon de métro. Christèle était incommodée par le manque d'espace. Un usager lui a adressé la parole, lui a demandé si son bras la dérangeait. Pas du tout, a-t-elle menti. Et ça s'est transformé en rêve, leurs mots sont devenus une sorte de nouille à spaghetti qu'ils ont aspirée jusqu'à la bouche de l'autre. Dans un wagon de métro, à cinq heures et demie de l'après-midi, elle embrassait un grand gars qui sentait la douche, le Irish Spring. Mais elle refusait de lui laisser son numéro de téléphone ou son e-mail quand il a débarqué à la station Sherbrooke. Il avait la platitude des mecs dont les études en gestion sont enrichies d'activités sportives exigeantes. Elle l'avait goûté, sans plus, tout en faisant la promotion d'elle-même.

Christèle est une embrasseuse, peut-on dire. Autrement dit, bien des succès labiaux comme celui-ci avaient eu lieu avant qu'elle soit mise en échec par Sophia la dominatrice.

Je prends des notes. Ça y est. Je ne saurais m'arrêter. Un vrai scribe. Elles font de moi une personne qui en prend, un client différent. J'en prends même après l'acte. Aussi.

Geoffroy et Christèle veulent bien se confier à moi. Ils veulent bien faire l'amour moins pour me parler plus. Ou alors je les paye plus pour qu'ils me parlent après avoir autant fait l'amour.

Ça, ce crayon, écrire, écrire dans un calepin, me donne un sérieux pathétique dont je n'aurais jamais cru jouir à ce point.

Il faut bien que notre lien évolue. Nos rencontres doivent servir à autre chose qu'à ce qu'elles ont déjà servi.

Mon projet est de les faire parler au-delà de leur cul. Je les ai vus sous toutes leurs coutures. Je les ai bien assez vus ne pas me vouloir. Ça suffit.

Ils sont contre le « profitage », le « traficage » ou l'« abusage ». Avec ces néologismes, Geoffroy fait preuve d'un franc-parler d'activiste qui me surprend.

Je dois rester fidèle à leurs principes et m'abstenir de révéler, dans mes écrits, leurs vrais noms.

— Mais ils sont faux!

(Ça y est, je recommence.)

Mes camarades sont peut-être des petits vicieux, mais ils savent aussi arriver à l'heure aux rendez-vous et respecter leur parole. Ils sont peut-être un peu perdus comme tout le monde, mais ils ne lésinent pas avec le respect. J'ai intérêt à faire comme eux.

Marché conclu.

Le «i» de «viol», c'est le corps de l'autre. Le «i» de «viol», c'est le corps qui est volé à l'autre.

L'histoire de Geoffroy commence sans le «i». Elle commence par un vol. Geoffroy, neuf ans, venait de voler une cuiller blanc et rouge à hameçon triple chez Canadian Tire. Il volait à intervalles réguliers quelque chose, ici et là. Sa chaîne était bien graissée et le rang Montreuil était une sorte de fête. Sous fond de pépiements et de meuglements, le bruit des crampons de son BMX sur l'asphalte neuf lui chatouillait l'ouïe à ravir. Il avait réussi un autre bon coup illégal et croyait que la vie était ainsi, aussi facile qu'un vol de cuiller rouge et blanche à hameçon triple. À cette époque, les magasins n'étaient pas encore pourvus de ces fatigants détecteurs antivols, géantes paires d'oreilles entre lesquelles il faut passer.

Il avait su obtenir un objet agréable sans aucun argent. Il s'était offert un cadeau, une belle cuiller rouge et blanche à hameçon triple. Son existence, il pouvait tous les jours la célébrer de cette façon, à condition de faire varier le lieu du vol, d'éviter d'aller toujours chez Canadian Tire, son magasin favori.

Sur son BMX, entouré de champs, d'épis, de vaches, il fonçait.

Un frisson l'a parcouru à l'approche d'une des rares maisons qui bordaient la route. Il aurait pu tourner là pour ranger sa monture dans la grange, il aurait pu être le garçon d'une famille agricole.

Pendant que ces gens continuaient à vivre à l'intérieur, derrière, sur le terrain, dans les champs ou ailleurs, il a chantonné devant chez eux.

Une seule maison au monde ne requérait pas qu'il cogne ou demande la permission avant d'entrer. Il trouvait ça fou, qu'une seule maison parmi la totalité mondiale soit la sienne, il trouvait ça con, ça lui montait à la tête, lui donnait des ambitions de cambrioleur.

Essayez ça! Arrangez-vous pour ressentir un certain plaisir à être seul et je vous garantis que le téléphone sonnera. Comme par magie, ils m'ont appelé. J'ai stupidement cru que je leur manquais. *Je ne leur manquais pas, mais ils avaient besoin de moi. Ça les rendait mal, d'ailleurs, ce besoin de moi. Si je voulais, je pouvais aller les chercher quelque part et les amener ailleurs avec mon char de Mamie, en échange d'une compensation raisonnable : un certain montant d'argent, une démonstration érotique mineure ou un interview. C'était le monde à l'envers. La voix pleine de sollicitude de Christèle pénétrait en moi, me chatouillait là au niveau de mon trou noir personnel. J'étais dans un état d'enthousiasme propre à passer par-dessus le fait que ma grand-mère reçoit beaucoup plus d'appels que moi.*

J'ai joué aux fléchettes toute la nuit en écoutant de la musique.

Les pièces joyeuses de Voxtrot, qui m'auraient fait mal en d'autres temps, me faisaient du bien. Et sur Hustler, *de Simian Mobile Disco, j'arrivais à me dandiner un peu et à me sentir comme tout le monde.*

Après tout ça, je me trouvais presque dans l'impossibilité de dormir, je l'ai d'ailleurs très peu fait, et pour me réveiller avec, dans la main, une fléchette. Celle-ci, que je n'avais pas eu le temps de lancer sur la cible avant de m'endormir, je m'en suis débarrassée là juste après avoir redressé ma charpente. Le résultat, 10 points, était faible, mais compréhensible.

Christèle embrassait Édith la Jeannoise sans savoir qu'elle pleurerait un jour chez Sophia la dominatrice. Elle faisait abstraction de son futur. Elle faisait d'ailleurs abstraction de Geoffroy.

Se sentant de trop sur le balcon, il est entré. Elles l'ont suivi. Mais dire qu'elles ont suivi son idée, de rentrer à l'intérieur, est plus juste. Il avait à peine pénétré dans le 4 ½ qu'il s'est retourné et a constaté qu'elles avaient déjà repris, au milieu de la cuisine, l'action d'embrasser. Elles avaient déplacé, bougé comme un meuble, l'action d'embrasser.

Il y a de ces actes banals incroyables. Elles continuaient à faire connaissance par là où on mange, dans l'absence de nourriture.

Il la reconnaissait bien, là, sa trop belle Christèle. Elle obtenait une fois de plus ce qu'elle voulait. Il déplorait aussi la facilité avec laquelle la Jeannoise avait succombé.

Le problème d'habitation le préoccupait encore, lui. Vivre dans la rue était hors de question. Et cet appartement trop cher ne lui procurait pas le *feeling-oracle* attendu. Il soupçonnait cette fille d'être venue des régions pour voler les Montréalais, de majorer le prix d'un logement pour pouvoir profiter d'un revenu supplémentaire. Il connaissait des histoires de visiteurs louches, revendeur de drogue ou détraqué pervers ; dans ce cas-ci, c'était l'inverse, c'était la sous-locatrice la délinquante. Et selon les meuglements humains qui parvenaient jusqu'à lui depuis quelque cour, les voisins étaient des arriérés.

Pour tout dire, il attendait qu'elles l'«invitent».

Ils se sont engueulés durant le trajet au sujet du lubrifiant que Christèle croyait avoir oublié. Quand je leur proposais de rebrousser chemin pour aller le chercher où il était peut-être, chez eux, ils restaient silencieux. On aurait dit que d'être fâchés les empêchait l'un et l'autre de me répondre ou de faire comme si j'étais là. Mon rôle, c'est vrai, était de les mener du point A (Montréal) au point B (Valleyfield) en me mêlant de mes affaires autant que possible.

Elle a finalement trouvé le lubrifiant dans la doublure de son gros sac à main vintage. Que faisait-il là? Elle a dû se poser la question pendant au moins quinze minutes, parfois en silence, parfois avec des sons ou des mots («gnan!», «j'comprends pas!»), et Geoffroy regardait le paysage défiler avec cette façon propre aux enfants punis de bouder. C'est à croire qu'elle dissimulait une culpabilité plus grave que celle d'avoir égaré un outil de travail important.

J'ai failli les interroger à propos du Local 1082, boulevard Rosemont. Le moment était mal choisi, il valait

mieux ravaler mes questions, les faire brûler en moi,
puisque les poser aurait équivalu à avouer ma tentative
de filature antérieure.

Geoffroy est un amateur de châteaux de pensées…

Un château de pensées, le terme le dit, est un assemblage de pensées en forme de château. C'est aussi fragile qu'un château de cartes. Non, faux. Un château de pensées a justement été créé pour sa rigidité. Il est fragile parce que rigide. Et rigide parce que fragile. C'est un second logis, un logis abstrait, superposé à celui du concret. Il ne coûte rien en argent, coûte peu en dépassement personnel, beaucoup en énergie, encore plus en conséquences.

Le frère de Geoffroy, par exemple, pourrait se suicider. Son frère, un criminel mal dans sa peau, pourrait se suicider parce que Geoffroy s'est installé dans un château de pensées.

Perché sur la tour de son château de pensées, Geoffroy crie: «Va-t'en!» Il daigne au moins sortir tout en haut pour crier des choses à son frère criminel. Celui-ci aimerait tant entrer, le rejoindre. Si au moins il avait trahi leur mère ou quelque chose de ce genre, mais c'est à des gens que Geoffroy ne connaît même pas qu'il a fait du mal.

*Au pire, je les avais emmenés chez des gens touchants et intrigants, chez d'attachants simulateurs d'*Eyes wide shot *de Valleyfield. Au mieux, ils allaient sortir à moitié nus, courir et me crier de démarrer illico presto la voiture... et quand on aurait fini de nous enfuir, je pourrais sentir la force additionnelle que notre lien viendrait d'acquérir.*

Je les attendais dans l'auto. Il pleuvait un peu. Enfin, toute cette bonne humeur climatique avait cessé.

J'étais allé me garer au centre-ville de Valleyfield. Mais aussitôt j'avais craint de revenir en retard devant la maison. J'y étais donc revenu à l'avance.

Je modérerais ma consommation de Wyborowa. Une larme de temps à autre, que parfumait ma grosse et juteuse chique à la menthe. Il n'y avait pas grand-chose à faire et j'ai voulu jouer avec le pistolet-indicateur de pression avant de me rappeler, en butant contre son absence dans le coffre à gants, qu'il était là-bas, dans mon sous-sol de Mamie. Je l'avais déplacé.

J'essayais, peine perdue, de trouver quelque chose de potable à la radio quand je les ai vus sortir de la maison. Ils avaient travaillé plus longtemps que prévu, mais ça ne paraissait pas, ils étaient intacts, marchaient d'un pas sûr, la posture droite, vers l'auto, vers moi, comme si jamais n'avait eu lieu le spectacle que j'avais manqué, qu'ils avaient donné dans la maison.

Ils avaient fait à Valleyfield quelque chose de beaucoup plus osé que Mamie à Ville-Émard. Mais je les avais attendus un peu comme je l'avais attendue. La conclusion est que je suis devenu chauffeur, Maman. Tu peux être fière de moi. Tu peux même vendre ton char. J'irai te chercher à Boston. Ensuite je te conduirai où tu veux, première ministre que tu es au sens métaphorique. Je te porterai en voiture comme tu m'as porté dans ton ventre.

Christèle et la Jeannoise avaient oublié la question du logement. De l'avis de Geoffroy, elles la lui avaient laissée sans scrupule. Dire qu'ils auraient pu, tous ensemble, en un baiser triple, négliger, laisser pourrir la question du logement. Elles avaient l'embrassade, et lui, il était pris avec la question du logement. Contre cette injustice, il a commis des actes inutiles. Elles ont continué de nier sa présence même s'il les a prises en photo avec son cellulaire. Il est allé sur le balcon téléphoner à un pote et ils ont parlé un peu sans vitalité. Il n'avait pas envie de lui raconter ce qu'il était en train de vivre, en fait il n'avait pas envie de lui parler tout court, ni à quiconque, surtout pas aux filles.

L'invitation tardait. Il désespérait de participer au baiser prolongé. Mais elles ne lui avaient pas encore prouvé qu'elles ne l'inviteraient pas.

La personne avec qui il partageait sa vie aurait bien pu partager la Jeannoise avec lui. Ou la Jeannoise aurait bien pu partager avec lui la personne avec qui il partageait sa vie.

Les lèvres de Geoffroy, leur mémoire, étaient déjà là, imprimées sur celles de Christèle, transférées sur celles de la Jeannoise. Elles étaient, ombres, déjà là.

Depuis combien de temps ça durait? Il aurait dû les chronométrer. «17 minutes, 12 secondes. Lâchez pas, les filles!» Cette blague, il n'osait la faire. Elle serait peut-être moins verte plus tard, quand leur bouche-à-bouche serait terminé. «37 minutes 43 secondes. Bravo!»

Alors qu'elles continuaient à goûter l'instant présent, il cherchait un cadran dans l'appartement, un prétexte, quelque chose à faire, une contenance de visiteur, comme s'il avait perdu son portable, l'heure, le temps, le monde. Il cherchait à faire pitié en toute dignité.

Mais à quoi leur sert de rencontrer une personne à qui ils prêtent à tort le pouvoir de transformer leurs jours en beau bordel? Ils réalisent vite, après l'acte, après avoir échangé une certaine quantité de mots, passée la découverte sensorielle, passées les présentations de second niveau, qu'oublier cette personne commence déjà, l'oublier est même nécessaire, naturel.

Mamie attend de moi que je la débarrasse du 18 L de plastique à moitié rempli de pièces de monnaie, à l'origine conçu pour l'eau traitée par osmose inversée. Elle se fout du comment je vais m'y prendre. Elle exige sans procès la disparition de cette cruche-tirelire. Elle l'a déjà bien assez vue comme ça. On dirait qu'elle a quelque chose contre elle.

— Pourquoi tu veux pas attendre qu'a soit pleine!?

— Est bien assez pleine comme ça. Faut que tu sois capable de la lever.

J'essaye de la lever, je réussis. Bien que portable, elle est lourde.

— C'est vrai.

Au début de l'été, j'avais débarrassé la cour d'un vieux baril rouillé, tâche somme toute facile. Je l'avais mis dans le coffre de la Swift, où je l'avais stabilisé avec la porte et un bout de corde. À l'Éco-centre le plus proche, le seul pépin était l'adresse de Sillery sur mon permis de conduire. Parce qu'en théorie je ne résidais pas à Montréal, j'étais interdit de « dompage » de baril. Alors j'étais retourné au bercail pour mieux revenir, fort de Mamie et de ses papiers montréalais.

Comparativement au baril, la cruche présente le désavantage de contenir de l'argent. C'est d'ailleurs surtout d'argent dont il est question. C'est l'argent, le problème. En ce qui la concerne en tant que telle, elle pourrait juste être vidée quelque part, sur le plancher, pour être

placée dans un bac à recyclage ou bien être échangée au
magasin.

Le petit Geoffroy tâtait de temps à autre la cuiller rouge et blanc à hameçon triple, par-dessus sa poche. Il vérifiait qu'elle était bien là, n'était pas tombée. Il expérimentait le plaisir de la possession, sur son BMX, il fendait l'air avec l'innocence d'un enfant aux prétentions adultes. Aucune auto pointait à l'horizon. Il a zigzagué au milieu de la route, entre les traits jaunes frais peints, couture de jean fluorescente, hypnotique, sur l'asphalte neuf. Plus loin, une courbe orientée à gauche enserrait un boisé en contrebas, un bout de forêt épargné par les grues et le zonage agricole, une touffe de vie qui débouchait au sud sur un lotissement domiciliaire où les pelouses manquaient autour des simili-manoirs construits par Gendron et fils.

Là, dans la courbe, un homme était accroupi sur le bas-côté, face au boisé. Il portait un short d'armée et une ample camisole rouge sur laquelle le nombre 36 s'écaillait au fil des lavages. Ses cheveux étaient lisses sur sa tête et plus sauvages derrière, après l'élastique. Il trimbalait aussi une trousse de premiers soins, une boîte blanche en fer où la fameuse croix rouge avait été tracée à la main.

Mamie doit sentir que j'essaie de m'évader d'une tâche dont l'imprévisibilité m'a rendu un peu mal à l'aise.

Pour me motiver, elle dévoile tout de suite son intention de m'offrir cette monnaie. Toute cette monnaie est à moi si je veux, si je m'en occupe, si je l'échange contre des dollars. Elle est à moi.

— Qu'est-ce tu dis là, Mamie!? T'es folle, il doit ben y avoir cinq cents piastres là-dedans.

— Je m'en fous, c'est à toi.

J'inaugure les grandes manœuvres en descendant la cruche-tirelire dans mes appartements. J'aurai maintes occasions de l'observer, de me laisser inspirer par elle.

Tout ça m'a fait suer en masse au cœur de ce fabuleux été. La porte en verre givré grince, je rentre dans la douche et je me retrouve comme une bête sous le jet d'eau.

Me rendre compte que je ne pense plus à la cruche-tirelire est l'équivalent d'y penser encore.

La récompense que je recevrai pour avoir débarrassé Mamie de ce boulet d'argent est exactement son contenu, ni plus ni moins. Je croirais participer à un jeu de foire.

J'ai accepté ce contrat en gardant en secret le refus, la possibilité d'un retour sur ma décision, qui aère mon engagement, le rend plus agréable. Ça, c'est tout à fait moi.

La cruche-tirelire est devenue un totem. Tout tourne autour d'elle. Christèle m'a interrogé à son propos.

— What you see is what you get, *a répondu Geoffroy,
hostile, à ma place.*

*Je croyais la guerre entre eux déclenchée. Je les ai laissés
seuls, à eux-mêmes, en captivité dans mon sous-sol de
Mamie, pour qu'ils se sentent à l'aise de se haïr, de grim-
per aux rideaux, d'éclater, de s'engueuler une fois pour
toutes. Mais quand je suis sorti des toilettes, ils avaient
fait autre chose, s'étaient déshabillés, ils étaient déjà nus
et, complices, ils m'ont jaugé, m'ont dédaigné comme des
gens méchants. Mon absence semblait tout à fait leur être
favorable. J'avais envie d'annuler la séance, c'est pour dire.*

L'homme avait posé sa trousse de premiers soins sur le
gravier. Elle lui avait laissé une rougeur autour de
l'aisselle. Il était maintenant mieux disposé à appeler
son chat. Les mains de chaque côté de la bouche, il
appelait son chat.

Ça lui coûtait de garder la tête droite, de résister à
la venue du garçon, de fixer le boisé, où son soi-disant
chat était perdu.

Un garçon, même s'il avait été marqué par une
tache de vin ou un bec de lièvre, c'était trop beau.

L'homme ignorait le nom de Geoffroy de même que
son talent pour le vol d'accessoires de pêche ou son

goût pour les timbres et les maquettes de train, aussi se foutait-il d'où il arrivait et où il allait. Ce garçon pouvait bien revenir de chez le dentiste ou aller ramasser le foin d'un cultivateur, quelle importance. L'important était qu'il reste un garçon pour les minutes ou l'heure à venir.

En échange, Geoffroy voyait cet homme pour la première fois de sa vie. Il ne savait pas qu'il faisait semblant d'appeler un chat, que ce chat était fictif, que le maître de ce chat inexistant était un pédophile. Il savait à peine ce qu'était une femme. Il commençait à peine à le savoir.

Inutile de me mettre à faire des rouleaux de pièces de monnaie pour me rendre compte que j'en aurai pour des mois. Je dois avoir un plan. Je dois trouver une manière efficace d'échanger toutes ces pièces. Pour l'instant, je les considère à travers la membrane bleutée de la cruche, que je penche d'un côté puis de l'autre, que je fais pivoter. Les pièces grouillent, s'entrechoquent, vivent. Je joue de la musique économique.

Après avoir fait le tour du potentiel harmonique de la cruche-tirelire, je déterre mon pistolet-indicateur de pression de Mamie et me le fourre dans le pantalon pour voir comment il me va. Ce miroir longitudinal de piètre qualité m'amincit. Je ressemble à un gangster hitchcockien, je veux dire à Hitchcock lui-même. La crosse bien en vue, je vais à pied jusqu'au boulevard Saint-Laurent.

Autant un DVD enfoui dans mon manteau m'avait valu une interpellation à Sillery, autant ce pistolet-indicateur de pression n'appâte pas la police de Montréal. Elle est trop occupée à appréhender les chiens qui courent trop vite et les écureuils qui crient trop fort.

Geoffroy essayait de ne pas maudire Christèle et la Jeannoise. Elles avaient abandonné le temps, les meubles, les murs, la question du logement... et les Geoffroy. Il préférait l'accepter, il se faisait un devoir de l'accepter. Elles s'embrassaient aussi avec tout le corps. Vêtements en moins, elles auraient eu l'air de faire l'amour debout, de jouer dans une scène mi-explicite du canal *Venus*.

Il est encore allé prendre congé d'elles sur le balcon. Ça l'émouvait, les gens dehors, dehors comme lui, qui respiraient le même air, dans les cours, sur les terrasses, l'émouvaient. Sa soudaine sympathie pour la bruyante famille envers laquelle il avait eu un jugement sévère prouvait son désespoir.

S'il avait su que les événements du loft de Sophia auraient lieu, il aurait pu se référer à eux, en jouir à l'avance, farcir le présent du futur. Mais, la divination ne faisant pas partie de ses atouts, il était dans l'incapacité de savoir qu'un jour, Christèle pleurerait chez une dominatrice, échouerait à ce qu'elle réussissait en ce moment.

J'ai presque réussi à me convaincre qu'il est triste de devoir échanger toutes ces preuves de patience, ces marques du temps, ces modesties métalliques, contre de vulgaires billets. C'est qu'avec assez de conviction, j'ai eu envie de crier à Mamie, je ne sais où dans la maison, sa folie : « T'es sûre tu t'ennuieras pas de tes cennes !? » Et je l'entends à peine me répondre quelque chose qui, d'après l'intonation, semble confirmer et raffermir son intention de me les donner. J'ai maintenant moins de scrupules à les prendre.

L'homme avait quelque chose en moins, un chat. Le petit Geoffroy, lui, était riche d'une cuiller rouge et blanc à hameçon triple, toujours dans sa poche. Plus d'un brochet pouvait être pêché avec cette même cuiller. Mais aucun chat.

— J'peux pas vous aider, Monsieur, faut que j'aille souper.

Mamie me réprimande parce que je tarde à accomplir mon devoir. Avec une fermeté upgradée, elle me demande de m'occuper de la monnaie. Elle me l'a donnée à condition que je m'en débarrasse. Ça ne suffit pas, de l'avoir descendue, de l'avoir mise près de mon lit, hors de sa vue. Je dois la faire disparaître comme un magicien, rien de moins. C'est évident, elle en a contre ces pièces. Mais ma lenteur l'exaspère peut-être plus.

Des fois, on niaise, on niaise en étant un peu sérieux. Et des fois, on est sérieux en étant un peu niaiseux.

Je soumets à Mamie le projet de battre le record Guinness de la plus grande tirelire au monde. Le vieux baril rouillé maintenant au recyclage, on pourrait installer dans la cour un silo acheté à l'encan...

— T'es même pas drôle!

— C'est un peu blessant ce que tu me dis là, Mamie. Si j'suis pas drôle, qu'est-ce que j'suis?

— Mon chéri, s'il y a bien quelque chose que je veux pas, c'est te blesser...

— Ben non, ben non. J'exagère. Je veux que ma vie soit comme une pièce de théâtre qu'on regarde.

— Ah, bon !

— Mamie, j'aime ça dire « Mamie ».

— Es-tu saoul, toi !?

Après avoir débarré son BMX et être monté dessus pour sortir du stationnement du Canadian Tire, le petit Geoffroy avait transféré la cuiller rouge et blanc à hameçon triple de son caleçon à sa poche, le pied posé sur le bord du trottoir. Bien qu'emballée dans du plastique semi-rigide, elle avait suscité la peur d'un accident stupide impliquant les parties génitales. Une blessure honteuse n'aurait pas surpris le croyant qu'il était malgré lui à cause de l'insidieux héritage catholique. Si son vol avait échappé à la sécurité du Canadian Tire, dont la police était le prolongement sociétal, il avait sûrement été remarqué par une instance plus abstraite, impalpable, comparable à Dieu. Oui, c'est quelque chose comme Dieu que Geoffroy, surtout après avoir rencontré le pédophile, croyait avoir bravé.

J'ai fait mes devoirs. J'ai utilisé mon expérience en fure-tage pornographique pour la recherche en ligne d'une solution d'échange de ma monnaie de Mamie. Et j'ai trouvé : le Centre Coinstar inc. Je répète, Coinstar inc. Cet engin, dont sont pourvus les meilleurs Maxi et Super C du pays, a le pouvoir de comptage et de triage. J'ai demandé à Mamie son code postal pour le foutre dans l'espace prévu à cet effet de la rubrique « Localiser une machine ». Depuis ce temps, j'ai l'impression d'avoir un rendez-vous galant avec celle de la rue Fleury. Un autre plaisir lié à cette trouvaille est que Mamie, en en étant informée, est à même de constater mes progrès dans ce dossier. Cependant, je m'attendais à plus d'enthousiasme de sa part.

— Qu'est-ce t'as, Mamie ?

— Ah, je file pas trop aujourd'hui.

— C'est-tu à cause de tes chats ?

— T'es ben tannant avec ça.

Geoffroy pouvait partir tout de suite, prendre d'assaut la ruelle avec ses jambes et bifurquer vers la rue Bélanger, fuir, disparaître, disparaître de la vie de Christèle, être pleuré par elle. Mais ce rêve était aussitôt court-circuité par un autre, celui de participer à l'embrassade.

Il s'est alors demandé pourquoi il hésitait tant à prendre Christèle et la Jeannoise avec les bras et les lèvres, pourquoi il les prenait juste avec l'esprit. La réponse n'a pas tardé. C'était parce qu'il était peureux. Un maudit peureux. Il s'expliquait les choses ainsi.

Il se déprimait. Appuyé sur la rambarde du balcon, il se déprimait.

Sa couardise lui avait sûrement évité quelques coups de poing ou claques, mais elle l'avait surtout privé de baisers, de sensations, d'expériences inoubliables.

Il s'est mis à croire qu'il faisait l'amour devant les gens pour exorciser sa peur du monde.

Tanné de lui, il a repoussé la rambarde du balcon. Sans savoir où il allait, il a réintégré le 4 ½ pour oser passer près de Christèle et de la Jeannoise. Elles formaient une sorte de déesse bicéphale, massacrante. En espérant qu'elles n'aient pas perçu sa lourdeur, il est entré dans la demi-pièce, c'est-à-dire les toilettes, y a regretté de n'avoir pas de coke sur lui, y a attendu la durée approximative d'un pipi, avant de sortir et d'aller jusqu'au bout du corridor, le plus loin d'elles possible, et d'aboutir dans ce qui semblait être la chambre de la Jeannoise.

Elle lui avait pris sa copine, il pouvait bien lui prendre sa chambre, fouiller un peu dedans, étendre son corps sur le lit, garder ses souliers, humer la literie, tester le matelas.

Ce qui est arrivé à l'intérieur du Maxi de la rue Fleury était intense. Et c'est resté là, à l'intérieur du Maxi de la rue Fleury. J'aurais souhaité que ça déborde sur le reste de ma vie, que ça remplace au moins l'un de ces nombreux moments plates. J'essaie trop souvent et en vain de créer ou de trouver de l'action forte où elle manque, par exemple chez le voisin aux briques blanches. Je me déchausse les yeux pour voir à travers ses rideaux et ses murs. Je voudrais passer sa maison aux rayons X. À l'extérieur, la tranquillité règne, décevante, depuis que je l'ai vu arroser le trottoir et son seul arbre mature. Rien à signaler depuis ce bon vieux temps.

La machine Coinstar, dans l'allée de service frontispice du Maxi de la rue Fleury, avait l'apparence d'une énorme distributrice de boissons gazeuses impopulaires. C'était un peu triste, cette beauté technologique abandonnée. Les étoiles blanches et vertes dont elle était enjolivée renvoyaient à l'image d'un parc d'attractions désaffecté. Mais moi j'étais là.

J'avais traîné ma cruche-tirelire de Mamie dans un panier d'épicerie pour économiser de l'énergie. Les photos d'exemplification du site Internet Coinstar m'avaient appris que j'aurais à la prendre dans mes bras. Mais rien ne m'avait prévenu de l'attention que j'attirerais.

J'ai répété cette opération ad nauseam : verser des pièces comme de l'eau sur le plateau-récipient de la machine, avec la main les pousser vers la fente aspirante, *les y faire tomber, après avoir déposé la cruche dans le panier, et avant de la reprendre dans mes bras pour recommencer.*

Le bruit causé par la digestion mécanique des 1, 5, 10, 25 cents, et des 1 et 2 dollars était digne du casino. Mais au lieu de recueillir des pièces, j'en faisais disparaître. Il y en avait vraiment beaucoup. Il en restait toujours dans la cruche.

Les curieux du Maxi se massaient autour de moi. Plus leur nombre était élevé, plus l'intrigue était forte, et vice-versa. Certains me posaient des questions à propos des caractéristiques de l'appareil bruyant, comme si j'en étais un représentant. La situation devenait difficile. Je leur répondais à la va-comme-je-te-pousse. Ils avaient choisi le mauvais moment, j'étais très occupé.

L'homme invitait le petit Geoffroy à descendre vers le fond du boisé, là où, ensemble, ils pouvaient secourir le supposé chat d'après la méthode de chasse des chimpanzés nains : courir après l'animal pour lui faire peur et qu'il plonge dans le guet-apens.

Le petit Geoffroy restait immobile, alors l'homme s'est arrêté dans la côte et l'a remontée de trois, quatre pas pour mieux être entendu.

Si un garçon, pour ne pas dire Geoffroy, se perdait dans une forêt aussi grande que l'était le boisé pour le chat, eh bien il aimerait bien être secouru par ses parents, n'est-ce pas?

Un garçon, c'est naïf. Un homme aussi. Un homme l'est juste moins.

Une auto est passée derrière eux. Un trait de bruit. Le BMX, il suffisait de le cacher un peu plus bas, derrière un bosquet.

L'homme tendait les bras.

En fin de compte, le montant était plus, beaucoup plus élevé que dans mon évaluation de visu. On parle ici de mille huit cent soixante-dix-sept dollars et vingt-trois cents. Sans farce.

Une fois toutes les pièces avalées, appuyez sur le bouton rouge «Terminé», votre reçu sera imprimé et sortira à droite de l'écran de l'appareil: 1877,23 $.

La caissière à qui je demandais mon paiement a fait venir le gérant du Maxi tant le montant la rendait mal à l'aise. Il est allé chercher des grosses coupures dans la réserve, caisse des caisses, mais, revenu à moi, il a commencé à douter, le salaud. Je trouvais que ce genre d'attitude n'était pas digne d'un gérant de supermarché.

Son professionnalisme laissait à désirer. Confronté à ce dilemme : remettre ou non l'argent au client, il faisait des appels téléphoniques indus. La conclusion de ses démarches fut tout de même une bonne nouvelle. Il pouvait me payer si je lui fournissais mes coordonnées. Je lui ai remis la pièce d'identité dont je suis le plus fier, mon permis de conduire. Bien des petits frais chiés de Montréal n'en ont même pas. Le problème, maintenant, était que j'avais négligé de faire le fameux changement d'adresse. En théorie, j'habitais encore à Sillery.

— Pis !?

J'avais connu le même problème à l'Éco-centre, en ce qui concerne le baril rouillé. Je maudissais ce problème pour la deuxième fois. J'étais deux fois plus fâché qu'à l'Éco-centre.

C'était un chat. L'homme avait perdu un chat. Il mentait par le chat et non par le chien. Un chien fugue et continue sa fugue. Il va plus loin, toujours plus loin. Un chien glande peu dans un boisé. Il le traverse en reniflant ici et là pour en sortir, pour aller zigzaguer entre les simili-manoirs construits par Gendron et fils. Entre le chien et le chat, l'homme avait fait le bon choix : le chat. Un chat effrayé par un chien qui passe peut trouver refuge au sommet d'un arbre, se placer dans cette situation périlleuse, sans savoir comment descendre. Il est pris là, dépendant de nous, surtout si les sapeurs-pompiers sont occupés ailleurs.

Le gérant du Super C de la rue Fleury parlait avec Mamie au téléphone. Elle était disposée à venir nous rejoindre pour témoigner de mon existence avec ses papiers. Mais qu'elle confirme par voie téléphonique être ma mamie de Montréal suffisait. Il était maintenant prêt à me remettre les 1877,23 $.

Après qu'il m'a payé, j'ai fait un peu d'ironie à propos de la cruche vide de 18 L. Il m'a pris au sérieux, je l'ai laissé faire, ce qui m'a rapporté 5 $ supplémentaires.

La somme totale était dans l'une de mes poches, devenue une bosse. J'aurais dû mettre un t-shirt plus long. J'aurais dû aussi apporter mon pistolet-indicateur de pression de Mamie. On se fait toujours agresser au mauvais moment.

C'était décidé, Mamie n'allait pas me donner autant d'argent impunément : 1877,23 $ (+ 5 $). Juste avant d'arriver chez elle, j'avais la ferme intention de lui affirmer mes fausses réticences pour ce qui avait trait à sa générosité. L'extinction de bras que m'avait valu de soulever, *de soutenir et de pencher à répétition la cruche-tirelire et qui rendait difficile le maniement du volant, eh bien ça ne valait pas 1877,23 $ (+ 5 $). Oh, non!*

Étendu sur le lit de la Jeannoise, Geoffroy était entouré des choses qui la «voyaient» faire l'amour, si elle le faisait : une lampe dont l'abat-jour était recouvert d'un foulard marocain, un poster de *Tous les matins du monde*, un ordinateur de bureau bien équipé, des livres d'Hubert Reeves et d'Hamid Malouf, une imposante armoire ancienne héritée de sa grand-mère…

La porte était restée ouverte, il les entendait chuchoter dans la cuisine. Il les soupçonnait d'avoir agi sans réfléchir et d'à présent discuter à voix basse certains aspects négligés de la situation, d'enfin accoucher de leur insouciance.

«C'est ici que ça se passe, mesdemoiselles. Je suis disponible, vous savez. Parlez donc plus fort que je vous comprenne. Quoi?…» Rendu à ce point de son discours intérieur schizophrénique, il a cessé de se toucher par-dessus le pantalon. Mais il a laissé sa main reposer au niveau du sexe.

Ça suffit.

Il n'y a pas que la monnaie dans la vie. Il y a la Wyborowa, il y a les fléchettes, il y a la métempsycose, il y a Geoffroy, Christèle. Il y a aussi mon voisin de Mamie...

Je me tiens dans l'angle mort de sa demeure mais je finis par décamper, par m'écœurer, à trop vouloir le prendre en flagrant délit.

Devant le dépanneur, par contre, quelque chose se passe. Assis sur un coffre brun en bois cadenassé, des garçons portent de manière compulsive quelque chose à leur bouche. Quand ce n'est pas un Mister Freeze, c'est un autre joujou sucré.

Assis non loin d'eux, mon derrière sur le butoir en ciment d'un créneau de parking, je les imite avec ma bouteille.

Eux sont comme une entité et moi aussi, je suis comme une entité. Ensemble, nous formons deux entités.

Sur l'insistance autoritaire de l'homme, le petit Geoffroy était entré dans le boisé. Mais tout ce qu'il voulait ou avait voulu, c'est aller à la maison souper avec sa mère. Sa peur augmentait. Il aurait beaucoup aimé que l'homme l'abandonne comme il avait abandonné le chat ou l'idée du chat. Il aurait beaucoup aimé se retrouver seul dans le boisé, avoir peur seul. Mais l'homme le talonnait, flanqué de ses longs bras,; il l'avait trouvé, ne voulait pas le perdre, le gardait. Plus c'était profond dans le boisé, plus le pseudo-chat perdu était loin derrière, et moins l'homme était gentil avec Geoffroy. Il lui donnait des petites poussées dans le dos pour qu'il avance plus vite, il commençait à le punir, le punir d'avoir obéi, de ne pas avoir fui.

Geoffroy avait oublié son vol, sa fierté. À l'ombre des frondaisons, la peur le vidait. Les branches mortes craquaient sous ses pas. L'odeur de l'humus lui montait au nez. Les racines étaient plus solides que lui. Et cette roche, avec laquelle il aurait pu se défendre, il osait à peine la regarder.

Prendre soin de sa personne semble être une épreuve intéressante. Mais comme dit le sage, choisir sa souffrance préserve d'une souffrance imprévue. Que ce soit bien clair, le lendemain de ma mort je m'offrirai une thérapie de couple avec moi-même et je ferai du jogging, des tractions, des redressements... Je serai beau par-dessus ma mocheté, je ferai partie du club de la beauté intérieure, cette gloire intestinale.

Mais aujourd'hui, les trop belles fesses de Christèle
volent la vedette. Elles m'occultent, me détournent de
moi, de tout. Animées, elles sont dévastatrices, gagnent à
tous les concours, toutes catégories confondues. Elles ont
la truculence de l'existence. Et j'accomplis l'exploit de
rester où je suis, deux mètres derrière. Le fossé entre nous
existera toujours. Il ne faut pas se le cacher. Et Geoffroy
les palpe en vain, d'impuissance. Faute de mieux, il
continue à les palper. On appelle ça l'appétence, je crois.
Il est aussi, comme moi, condamné à rester sur sa faim.
Mais je dépense beaucoup moins d'énergie que lui.

Le petit Geoffroy était confronté à la situation où un parfait inconnu lui demandait de baisser ses culottes. Pour la première fois il grimpait sur un parfait inconnu après avoir baissé ses culottes. Pour la première fois il avait les culottes baissées sur un inconnu qui n'avait pas baissé les siennes mais qui avait tout de même dénoué ses longs cheveux. C'était aussi après avoir volé une cuiller rouge et blanc à hameçon triple. Un lien pouvait être établi entre ces deux événements.

Assis sur un homme qui ressemblait à un apache et transportait peut-être un assortiment de scalpels dans une trousse de premiers soins, Geoffroy ne tenait plus du tout son zizi pour acquis. Il y tenait totalement. Son souhait le plus cher était de rentrer sain et sauf à la maison avec lui.

Il suffisait qu'il collabore et tout irait bien. S'il était gentil, collaborait, tout irait bien. Il pourrait partir souper. Mais pas avant. C'était simple.

Il adonne que la maison aux briques blanches d'Ahuntsic est à peu près dans la même situation qu'une autre de Sillery ou de Repentigny dont la cour arrière serait jointe aux autres sans procès d'intervalle ou de ruelle. Autrement dit, espionner en plein jour mon suspect numéro un depuis l'arrière de son domicile serait chose plutôt risquée et difficile. Il faudrait procéder de nuit. La prochaine fois, la prochaine fois qu'il fera nuit, j'irai rôder dans sa cour, je personnifierai mes chats morts de Mamie, en lesquels je me serai réincarné grâce à la boisson. J'irai me faire prendre au piège comme eux, me faire empoisonner, me faire tuer. Les ayant rejoints, j'écrirai sous leur dictée des cartes postales à Mamie.

Je lui en ai envoyé une l'autre jour, depuis le sous-sol. Cette farce facile là, elle l'a trouvée drôle. Elle aime aussi celles que je lui fais quand elle est un peu fâchée contre moi. Sinon, elle arrive mal à me convaincre qu'elle ne les aime pas. Ou elle les aimera plus tard, à retardement, j'en suis certain.

Oh! ça fait du bien de se vanter un peu. Ça fait une agréable sensation au ventre.

Mais ayant le sens de l'humour: *voilà tout ce que j'indiquerai sur ma fiche personnelle, lorsque j'aurai de nouveau accepté de m'abaisser aux revers des rencontres en ligne.* Mais ayant le sens de l'humour.

Couché sur le dos, la tête appuyée sur les mains, Geoffroy constatait qu'il n'était pas trop mal, en fin de compte. L'aisance le gagnait. Il avait su trouver sans le chercher le seul, l'unique point valable du 4 ½ à sous-louer, les coordonnées idéales du monde: le lit de la Jeannoise. Ici, d'ici, il était paré à tout, protégé. Elles pouvaient chuchoter encore dans la cuisine (faire semblant de relaxer). Elles pouvaient s'embrasser encore dans la cuisine (faire semblant de relaxer). Elles pouvaient le rejoindre dans la chambre (faire semblant de relaxer). Si elles voulaient utiliser le lit, il y était déjà, les ayant devancées. Si elles voulaient rester entre filles, aller ailleurs ou le chasser de la chambre, il serait peut-être fâché, mais muerait en une sorte de martyr, en fier laissé-pour-compte, en homme indigné dont la blessure justifierait une rupture sans possibilité d'appel.

Il y a l'argent. Il y a toujours l'argent que je vais leur donner, l'argent de notre amitié imaginaire. Je le donne habituellement entre la baise et le témoignage. Ce soir, je leur demande de se rhabiller plus tard, après m'avoir parlé d'eux. Ils sont d'accord mais je les vois embêtés par le fait d'être à poil plus longtemps pour un même montant. Puis ils refusent d'être payés davantage comme ceux qui, au fond, auraient bien accepté.

Je mets un temps fou pour reprendre le calepin de notes en équilibre sur le bras de la chaise sur laquelle je suis assis. Je bouge au ralenti.

Ça m'a pris, je ne sais pourquoi. En fait oui, je le sais. On m'interroge.

— Ça va ?

— Oui, oui.

Ils me trouvent plus bizarre que d'habitude, ce soir. Eux sont nus sur mon vieux divan de Mamie, et c'est moi qui suis censé être bizarre.

L'homme avait mal grandi et jouait encore au docteur. Il avait pris possession du zizi du petit Geoffroy. Entre ces longs et gros doigts, le membre d'enfant était manipulé, tâté, pincé, déformé, tourné, relevé, étiré ; il était soumis à un examen médical, quoi.

Geoffroy avait mal au cœur. Il n'avait pas envie de vomir mais avait mal au cœur. Si au moins son vomi était sorti de sa bouche et avait tout couvert comme du ciment, du ciment qui fige vite, très vite, stoppe tout.

Et le chat était de retour. Tout à coup, il était revenu. L'homme l'avait laissé ressortir de sa tête et obligeait Geoffroy, qu'il continuait d'ausculter, à l'appeler : «Minou, minou, minou !... Minou, minou, minou !... »

Ma mère viendra bientôt nous accabler en chair et en os. Je le sens. Elle prendra au moins des vacances montréalaises, si elle décide de garder son emploi bostonnais. Je le sens. C'est plus fort qu'elle. Elle viendra bientôt foutre son nez dans nos affaires. Elle est due. Pour l'instant, les nouvelles lui parviennent comme des chiffres, comptabilisables, des données d'Excel. Pour l'instant, on lui ment, tant qu'elle est ailleurs. Même sa propre mère. De toute façon, il y a des choses impropres au téléphone ou à la messagerie électronique, qui doivent être exprimées en personne, par exemple qu'il y a des choses impropres au téléphone ou à la messagerie électronique.

Je parle d'elle surtout parce que j'ai joué au billard avec son frère irresponsable, hier, celui qui a eu l'idée d'offrir un pistolet-indicateur de pression à Mamie, l'oncle avec qui je me bats à l'occasion.

Ma mère m'identifie à lui, c'est évident. Pour cette raison et bien d'autres, être avec lui m'agace.

Nous sommes allés au Bal Hotel de la rue Saint-Laurent. Ce n'était pas un hôtel. Même à l'intérieur, le nom me gênait.

Mon oncle, lui, était comme un poisson dans l'eau. Il se donnait l'air de connaître toutes les serveuses. Je le méprisais, je voulais le battre au billard même s'il est meilleur que moi, l'une des raisons pour lesquelles il m'invite parfois à y jouer.

Sa concentration contrastait tout à fait avec sa joyeuseté. Sur cinq parties, il en a gagné quatre. Là où nous étions à peu près égaux, c'était dans l'alcoolémie.

Pour lui, rester en ce lieu était une bonne idée. Mais ses exigences étaient peu élevées. J'hésitais à l'emmener ailleurs, dans une boîte. Seul, c'est toujours désastreux. Avec lui, ça le serait davantage. Au moins j'aurais de la compagnie.

C'était écrit dans le ciel, qu'on connaîtrait la disgrâce.

Comment décrire cette seconde partie de la soirée?

Premièrement, mon oncle a eu un différend avec l'hôtesse. Monsieur considérait le prix d'entrée trop élevé. C'était sa façon d'engager la conversation avec une fille de vingt-cinq années sa cadette. Derrière lui, des gens attendaient, impatients. Je l'ai tiré par la manche et nous

[142]

sommes allés au comptoir commander chacun un drink. Il se dandinait, adossé et accoudé à la fois. Sa demi-présence était tout de même de mise, dans ce lieu où les apparences comptaient beaucoup. Après avoir essayé de lui parler, je suis parti aux toilettes, mais je me suis fait intercepter aussitôt. Il croyait que je m'enfuyais, que je le laissais payer nos boissons parce qu'il est le plus vieux. J'ai sorti un 20 $ de mon portefeuille pour lui fermer la gueule et m'éloigner en paix. Quand je suis revenu au comptoir, il m'a à peine considéré. Verre en main, il regardait surtout le vide, à mon avis. Je lui ai demandé de me rendre la monnaie et il a fouillé dans ses poches comme un déficient mental. D'après le change qu'il m'a rendu, je lui offrais son Jack Daniel's.

Et puis je suis allé sur la piste de danse pour me reposer de lui. Il m'a malencontreusement suivi. J'étais dans sa mire. Les poulettes ne l'intéressaient plus. Voulant m'élire reine, il a manœuvré quelques pas de séduction vers moi. Je l'ai repoussé juste avant qu'il me prenne par la taille. Il s'est effondré de rire.

Ce qu'il faut surtout retenir, ici, c'est que je ne suis pas aussi pire que lui.

Christèle et la Jeannoise changent de place, quittent la cuisine, avancent, font craquer le plancher. Elles vont vers la chambre, vers Geoffroy qui est dans la chambre. Deux renardes, un rêve. Leurs bouches au repos, elles usent enfin de leurs jambes.

Il a peut-être exagéré. Elles se sont peut-être béquées moins longtemps qu'il a cru. Il a pu extravaguer. Selon le principe d'Einstein, souffrir est long.

Parce qu'il les entend venir, il saisit, à la tête du lit, sur la tablette, *Le rocher de Tanios* d'Amid Malouf. Ce livre est une précaution. Elles peuvent arriver.

Mes potes exhibitionnistes me parlent d'une certaine Sophia, dominatrice de métier. Ils l'ont rencontrée dans l'exercice de leurs fonctions, paraît-il. Après m'avoir montré encore une fois ce dont ils sont capables dans mon lit de Mamie, ils m'ont prouvé en paroles qu'ils en pincent pour une personne qui n'est pas moi. Ils me sont alors apparus un peu plus comme moi.

Pendant qu'ils me racontaient leur soirée avec Sophia, je restais sans mot sur ma chaise et Geoffroy, nu, m'a posé sa question favorite :

— Ça va ?

Je me suis alors redressé et j'ai renfilé mon regard et mon attitude de thérapeute. L'ennui, c'était que j'étais devenu plus défensif et chiant que d'habitude.

Mes invités menaçaient de s'en aller, de couper court à notre entretien, ils m'ont même, d'un commun accord, taxé de jaloux.

— Heye, vous exagérez, là !

— On exagère même pas assez! a crié Christèle.

Fini le temps où elle et moi, on était complices. Ils étaient deux et j'étais officiellement un. Fini le temps des espérances.

J'ai bien peur d'être dépourvu de ce qu'ils recherchent. Même avec des efforts, je reste un être insuffisant. C'est épouvantable. Je devrais fuir, fuir qu'ils me dédaignent. Au nom de la fierté, je devrais fuir.

Il est intéressant de constater chez certains individus cette capacité exceptionnelle à ne pas se faire aimer.

J'arrête à la station-service. Je suis content de disposer d'une voiture, d'avoir au moins ça en commun avec les gens qui sont occupés aux autres pompes.

L'idée me prend de me rendre devant le Local 1082. Mais Geoffroy et Christèle pourraient en sortir, me voir, me surprendre. Je serais bien obligé de les saluer et de justifier ma présence, une bonne occasion de parler du hasard, de dire à quel point il peut être débile, celui-là.

Ils pourraient aussi avoir l'impudence de soutenir la thèse d'après laquelle je me trouve là parce qu'ils m'ont déjà demandé de les y conduire. Ce serait pour moi une bonne occasion de les regarder de travers, de douter à leur face de leur santé mentale.

L'homme avait tripoté le sexe de Geoffroy au complet. Tout est toujours entier, de toute façon. La moitié d'un pamplemousse est entière. Elle a même ce petit quelque chose de plus que le fruit sphérique dont elle est issue. Elle a qu'elle accueille bien la cuillère et éclabousse l'œil de celui qui la tient.

L'organe reproducteur de Geoffroy était resté attaché à son corps. Vrai! Il l'avait toujours. L'homme le lui avait laissé. Et la trousse de premiers soins était restée fermée. Vrai! On ignore par contre ce qu'il y avait dedans. Un sandwich? Si ça se trouve, elle avait agi comme accessoire d'apparat.

La partie de l'histoire où Geoffroy perdait son sexe n'avait pas eu lieu. Elle était un peu comme le chat, du domaine imaginaire. Ou bien c'était une peur, un rêve à saveur œdipienne, un non-lieu d'émasculation, qui planait au-dessus des faits. Une chance, une contre-vérité heureuse, un soulagement rétrospectif. En somme, Geoffroy l'avait échappé belle.

Christèle s'est blottie contre lui, l'a caressé, d'abord avec la main, ensuite avec la bouche. Elle le suçait avec un investissement inhabituel, fétichiste. Non seulement elle célébrait ce qu'il aurait pu perdre mais aussi le fait qu'il ne l'ait pas perdu.

Plus tard, ils ont discuté.

— Tu t'es vraiment fait violer, au cas où tu le saurais pas… Tu t'es pas moins fait violer que moi en tout cas… N'importe quelle agression, c'est un viol de la personne…

— Mais tu peux pas dire que se faire pénétrer pis se faire jouer après c'est la même chose… Y'a une bonne différence, quand même.

— Oui, mais le pénis (elle rit), c'est à l'extérieur… Si t'avais eu un vagin (elle rit encore), l'équivalent de ce que t'as vécu aurait été de te faire passer le doigt… Pis se faire passer le doigt à 9 ans, c'est un peu comme se faire pénétrer à 16, han…

— T'es pas mal futée, toi, pour une belle fille.

Après un cours de géographie, j'allais sortir de l'Université Laval quand, de l'extérieur, un gars devant faire un retour aux études ouvre la porte. J'accepte de toucher avec mes mains les poignées publiques, mais j'avais vu là une belle occasion de minimiser les efforts. J'ai alors profité avant lui de son initiative de tirer la porte, j'ai lancé mon corps dans l'ouverture offerte. Il m'a intercepté. Ayant agrippé mon col, il m'a traîné un peu plus loin sur le parvis pour mieux me bardasser et me servir un discours passionné sur la politesse, le respect et le civisme.

Je réactualise de temps à autre cette brève rencontre, je pense à ce gars. Je me demande ce qu'il est devenu, ce qu'il fait en ce moment, s'il a terminé ses études, etc. Je n'ai rien d'autre à me mettre sous la dent à son sujet. J'ai juste la minute que j'ai partagée avec lui.

Cette minute est devenue signifiante.

D'abord la porte, l'ouverture, l'occasion ; ensuite l'autre et moi, c'est-à-dire l'impossibilité.

Quand bien même je voudrais l'oublier, l'effacer, cette minute me harcèle. Pourvue d'une certaine autonomie, elle me traque, me file, me pénètre. J'ignore comment l'enrayer. Elle est comparable à mon impuissance. Elle est mon impuissance. Elle existe parce qu'elle a existé.

Elles entrent, apparaissent dans la chambre, l'une après l'autre. Mais seule Christèle rejoint Geoffroy dans le lit. Elle lui retire des mains le livre d'Amid Malouf, le referme, le met par terre. Elle le remplace par un baiser, accorde à Geoffroy le privilège dont elle l'a privé, celui des lèvres, devant celle qui en bénéficiait tout à l'heure, la Jeannoise, qui les regarde, debout à côté du lit.

Aucun sandwich humain pour l'instant.

Plus tôt, dans la cuisine, Christèle avait murmuré à la blague, bien que vrai, être en couple. Et la Jeannoise avait porté une main à sa bouche en ouvrant grand les yeux. Après sa réaction clownesque, elle s'était mise à décrire en sérieux chuchotis télégraphiques sa situation, à elle. Elle déménageait non pas pour aller en voyage mais pour emménager avec son petit copain, dont la colocataire actuelle était folle. Ces informations valaient bien que Christèle agisse en miroir, porte à son tour une main à sa bouche en ouvrant grand les yeux. La complicité aurait pu battre son plein si la Jeannoise avait été moins encline à se justifier. C'était par curiosité qu'elle avait embrassé une fille et aller de l'avant la mettait mal à l'aise. Son petit copain lui inspirait trop de respect. Il aurait pu lui en inspirer moins comme son précédent. En plus, il plaçait assez de confiance en elle pour l'inviter à habiter chez lui, invitation à laquelle elle avait décidé de faire honneur. Continuer à embrasser Christèle abolirait ses défenses et la mènerait à des actes encore plus déloyaux envers lui…

Elle était bien compliquée pour une Jeannoise. Christèle en avait assez. Elle l'avait prise par la main, l'avait entraînée vers la chambre.

Notre échange est passé d'entrevue à conversation, et de conversation à thérapie de couple.

— T'arrêtes pas de me couper.

— C'est toi qui viens de me couper, là.

En se fâchant l'un contre l'autre, ils m'ont offert cette chance inouïe d'assister à leur intimité la plus trouble. Il fallait être là, comme on dit. J'aurais bien sûr préféré quelque accès direct au corps de Christèle. C'était mieux que rien, comme d'habitude.

Et ils ont enfin éclaté.

— Fuck you !

— Fuck you *tellement toi aussi !*

Pour la forme, je leur ai dit, patriarche, de calmer leurs ardeurs. De toute manière, mon emprise était nulle. Leur dispute avait beaucoup plus d'importance que moi.

Les seins de Christèle sautillaient selon son emportement. Elle a ressurgi.

— Qu'est-ce tu regardes, toi !?

En me jetant au visage cette question, elle les avait brassés davantage. Lui répondre était superflu. Elle m'accusait de quelque chose à quoi elle m'avait encouragé dans le passé, les reluquer. J'ai eu envie de ranger mon crayon et de sortir ma graine. Par chance le courage m'a manqué, car Mamie a surgi dans mes appartements sans prévenir.

C'était trop.

— Ça suffit, là!

Il fallait l'intervention de mon ancêtre pour qu'ils se calment. En plus d'être calmés, ils étaient bouche bée, si bien qu'ils n'ont pas pensé à se rhabiller. Mamie le leur a demandé. Pendant qu'ils le faisaient en silence, elle me regardait. Pendant tout ce temps, le temps de leur rhabillage, elle m'a regardé. Elle éludait ainsi leur nudité. Et j'essayais tant bien que mal de soutenir son regard. Je lui devais bien ça.

Christèle est sur Geoffroy, à quatre pattes sur lui. Elle lui plaque les bras au lit, le crucifie. Sa croupe retroussée, dirigée vers la Jeannoise, dandine. C'est une invitation.

L'injustice buccale dont il a été victime tout à l'heure l'obsède, mériterait bien une scène, mais le moment est aussi mal choisi qu'en présence d'un client. La Jeannoise est une sorte de cliente qui s'ignore. Il est capable de reporter une querelle, sait caresser

Christèle avant de la critiquer, faire preuve de patience, de contrôle. Il protestera plus tard, doit accepter le temps, sa lenteur, attendre avant de la renverser, de la repousser sur le côté, de lui retourner ses charmes comme un article chez le fabricant.

Souvent attendre, trop souvent.

J'ai remis le pistolet-indicateur de pression là où il était à l'origine, dans le coffre à gants. Ça m'a procuré une satisfaction proche du soulagement. Ensuite, conduire ma voiture de Mamie, appuyer sur l'accélérateur, tourner le volant, regarder dans le rétroviseur, était d'un cran plus joyeux.

Je vais cueillir Mamie chez son chiropraticien parce que nous allons manger de la pizza chic dans la Petite Italie. C'est notre sortie de la semaine, nous nous devons d'en avoir une, obligé. Sinon ma grand-mère serait différente et son petit-rejeton ressemblerait peut-être à un mariachi.

Elle a tout organisé, tout pensé, et moi je m'incline devant son agenda. 17 h 30. Elle est là comme prévu, sur le trottoir, à la merci de l'univers.

Le restaurant est presque vide, mais elle y a (par chance!) réservé une table. Dans l'allée qui mène à la terrasse, elle me flanque une châtaigne sur l'épaule, je me demande sincèrement pourquoi.

Il me tarde de commander du vin maison. On nous le
sert. Je fais des efforts pour contrecarrer mon envie de le
caler. Mamie a cette façon assez répandue, raisonnable,
de le boire. Puis elle remarque ma tendance à grimacer.

— Ça ressemble à un tic, juge-t-elle bon de préciser.

Ensuite, elle a le courage d'aborder le sujet dont elle
voulait m'entretenir.

— Pis va pas le laisser dans l'auto, là!

En d'autres mots, il serait bête d'oublier le pense-bête
à l'endroit où il est censé me mener!

Je dois indiquer sur un bout de papier non seulement
le nom de la rue dans laquelle je me suis garé, mais aussi
celle qu'elle croise à proximité. Mettre ce bout de papier
dans une poche. Le laisser là. Ne pas le perdre, surtout.
Faire ce que je veux, mais ne pas le perdre. Rentrer en
taxi ou en transports en commun. Me réveiller. Me rap-
peler qu'il est possible qu'il y ait quelque chose de très
utile dans l'une de mes poches.

Ce sont là les exigences minimales de Mamie pour
m'autoriser à prendre la Swift automatique après le cou-
cher du soleil.

Un genou posé sur le lit, la Jeannoise caressait le dos
de Christèle. Elle honorait de cette façon leur beauté
et leur sensualité quand ils ont essayé de la tirer sur

eux. Elle a résisté, refusé, reculé, s'est placée hors d'atteinte, de danger. Sans connaître leur métier, elle leur a dit vouloir juste les regarder. Ce devait être qu'ils pratiquaient le bon.

Après avoir retiré son chandail et son soutien-gorge, Christèle a dit :

— C'est-tu correct avec ton petit chum, ça ! ?

D'autres morceaux de linge ont suivi. Mais même avec leur nudité, ils ne parviendraient pas à la débaucher.

Plus tard, ils avaient rendez-vous avec un client, un vrai client cette fois. Il les payerait, lui.

Christèle serait jalouse de Sophia la dominatrice, donc éprise d'elle d'une certaine façon. Geoffroy en serait épris comme un gamin. Tous deux auraient donc envie, pour différentes raisons, qui sont un peu les mêmes, de la revoir. À mon humble avis, elle les domine. Sophia la dominatrice les domine. Inutile de chercher midi à quatorze heures. Elle réussit ce que je rate. Je l'admire. Ils devraient courir après ses services plutôt qu'après elle, toujours à mon humble avis. Ils sont un peu à elle ce que je suis à eux.

Je peux les aider, améliorer leur vie. Ce pouvoir, je l'aurais s'ils me l'accordaient, m'aimaient. Mon expérience en détresses nord-américaines pourrait sûrement leur être profitable. J'ai beaucoup souffert donc appris, à cause de moi.

J'ai hâte de me rattraper, de me racheter, de faire mieux. Comme si je devais excuser mes précédentes présences, mon existence, notre prochaine rencontre devrait être digne d'un mariage. J'essayerai de modérer l'ingurgitation d'alcool la veille et pendant la cérémonie, j'essayerai d'être à mon meilleur et de le leur livrer droit au cœur, j'essayerai de les ensorceler avec ma grandeur potentielle, j'essayerai de les domestiquer avec mon charme caché, j'essayerai de les tuer avec mon instrument priapique, mon crayon.

Sophia est devenue une sorte de blague sensible, récurrente, enracinée dans leur réel, capable de fâcher Christèle, de l'insécuriser, de les opposer.

Sophia est troublante.

Ce n'est pas qu'ils soient dépourvus d'amis. Il y a Ying, une jeune vidéaste d'art qui fréquente surtout des anglophones. Il y a aussi Sylvain Pitre, avec qui Geoffroy est allé à la polyvalente et a continué de prendre à l'occasion des champignons magiques.

Ils ont un certain nombre d'amis dont l'importance est variable. Appartenant plus ou moins aux deux par la force des choses, ces amis existent en marge de ces pages, de ce qu'elles cherchent à capter, ils sont l'équivalent humain des séries télévisées en DVD, des séances chez l'esthéticienne ou des biscuits favoris au beurre…

Christèle a parlé, a ouvert le bal de leur ultime confession, m'a annoncé la fin de notre collaboration. Elle m'a jeté avec le ton de bienveillance qu'elle avait déjà utilisé pour me déstresser.

Ils auraient pu avoir la décence de faire exprès pour être méchants, immondes. Ils auraient pu m'imiter, m'écœurer. Plutôt que de me rendre hommage, ils se sont séduits, se sont aimés sur mon dos, ont contrasté avec moi.

Je ne suis pas une personne saine, il paraît. Ah bon!? Ils ont essayé de m'expliquer cette théorie avec tout le peu d'affection qu'ils ont pour moi. Leur façon de se soucier de moi, de me regarder dans les yeux, de me toucher le bras, atteignait un degré de fausseté record. Ils étaient indignes du rejet qu'ils me faisaient subir. Moi qui avais fait de beaux efforts pour l'éviter et leur avais donné de l'argent, j'aurais peut-être mieux fait de les insulter dès le départ.

Je leur ai dit ma façon de penser avec une agressivité qui devait leur donner encore plus envie de rompre avec moi. Tant qu'à les perdre, je les ai bombardés de toutes sortes de trucs. Certains les concernaient, d'autres moins. Je leur ai fait une splendide crise.

Ils pouvaient bien m'écouter, m'endurer une dernière fois, me regarder éclore, devenir un vrai monstre...

Je me suis interrompu d'un coup. Je me suis interrompu pour leur demander si le compteur tournait toujours... Non... Super, je pouvais continuer à les engueuler sans frais.

Christèle ignore quel est son ascendant, l'heure exacte de sa naissance. Elle et Geoffroy l'ont remplacée par minuit, le fameux minuit. Minuit par-ci, minuit par-là. Quand ils sortiront du cinéma, auront assisté à la représentation de neuf heures et quarante, ça sera à peu près temps pour Geoffroy de lui souhaiter bonne fête, de lui témoigner beaucoup d'affection, de dire oui toujours ou non si c'est positif, de la serrer, de mettre un bras autour de sa taille, de la trouver comique.

Un individu de race blanche, moi, est statufié, très surpris de voir apparaître des gens de sa connaissance dans le portique du complexe cinématographique. C'est du monde qu'il avait l'habitude de voir nu et qu'il ne voit plus du tout.

Dans une grande ville de taille moyenne, le terme « quelle coïncidence » est ridicule. Le prononcer est déconseillé sauf si on veut avoir l'air ringard ou s'il s'agit d'une rencontre extraordinaire, par exemple celle d'une demi-sœur dont on ignorait jusqu'ici l'existence.

Évitant le terme « quelle coïncidence », j'ai opté pour un vocable non encore reconnu par l'Office québécois de la langue française, une diphtongue dont la signification était un mélange de douleur et de surprise : « Haou ! » Mon propre son m'a interloqué. Mais Christèle a su quoi faire, elle m'a plaqué une main sur l'épaule. Elle me touchait ! C'était pour mieux me faire avaler qu'ils ne voulaient pas rater les bandes-annonces.

Avant le film, au restaurant, la viande tiède et le vin mauvais les ramenaient sans cesse à leur ennui.

Après le film, il y a l'effet que le film leur a fait, il y a le gong de l'anniversaire de Christèle et le spectre de Sophia la dominatrice. La juxtaposition de ces éléments génère des étincelles, dans l'escalier roulant du complexe cinématographique. Dehors, c'est l'explosion, le bing-bang, la sale et harassante dispute, la haine, l'injustice, mêlée aux bruits de klaxon et de sirène d'ambulance.

Puis leur couple est en dépression, boude, scindé par la rue Ontario. Geoffroy a choisi le trottoir sud, Christèle le nord. Ils marchent tout de même vis-à-vis, dans le même sens, vers l'est, vers leur appartement. Ils repoussent toujours plus loin la perpendiculaire psychologique qui les relie. Il leur reste cette complicité déambulatoire, et les autos qui passent entre eux.

La petite Asiatique, fille ou nièce des propriétaires du dépanneur, ignore qu'elle me verrait un peu plus souvent si la SAQ fermait moins tard ou si la Wyborowa était moins mon fort. Elle me reproche quand même d'abuser de la bière, je le vois dans ses yeux. Ou c'est que je paranoïe. En tout cas, je ne suis pas sa nouvelle flamme. Ça, je l'affirme avec autant d'assurance que je suis gros. Elle, elle est toute poupée. J'en veux une! J'aime exalter mon mal foncier en lui demandant ce qu'elle fait après son shift. Et j'aime m'enfoncer dans son indifférence.

— Je reste proche... J'ai un char... Veux-tu un lift?

Elle a surtout hâte à la fin de la transaction.

J'ai encore failli savoir si elle parle français.

Je vais jusqu'au milieu du parc avec mon achat, m'étends à ses côtés. Nous sommes bien. D'ici, les étoiles sont visibles.

Demain, de jeunes énervés piétineront l'endroit où j'ai communié.

Geoffroy pense à Christèle pendant qu'elle marche de l'autre côté de la rue Ontario. Sa pensée marche comme lui. Il est convaincu que Christèle est fautive, qu'elle a été méchante et cruelle, qu'elle devrait offrir ses excuses en premier, le rejoindre.

Mais elle est sortie du ventre de sa mère à cette même date.

L'ego, le ressentiment et ce genre de trucs mis de côté, il descend du trottoir, laisse passer une voiture comme un toréador, accélère le pas, trotte, opère une traversée de rue en diagonale qui pourrait lui valoir une contravention.

Les défenses de Christèle demeurent. Elle les a même renforcées depuis qu'il marche à ses côtés. Courageux, il lui place une caresse dans le dos. Elle se permet, pour sa fête, de rester froide. Il attend. Elle finira bien par lui faire dans le cou ce qu'on fait sur le ventre d'un bébé: pfrrrrrrrrrrrr. Tout ça d'éprouvant qu'ils ont vécu ce soir sera réduit à ce geste régressif.

Réconciliation.

Ils s'aimeront beaucoup, après s'être haïs autant.

Je souffre d'un banal mal de bloc. Il a fallu que je voie sur mes mains des picots de peinture brune sans rapport avec le vieillissement, picots que je complémente par une sortie d'apparence innocente devant chez le bonhomme aux briques blanches. Et ma délinquance, mon crime, mon poème, m'apparaît dans toute sa splendeur estivale: TUEUR DE CHATS EN SÉRIE. Disons-le, je suis bel et bien l'auteur de l'œuvre qu'il est en train de faire disparaître à l'aide d'un appareil spécial à jet, version turbo de son tuyau d'arrosage.

Mon souvenir est vague, je l'avoue, mais je préfère l'affabuler plutôt que de me soumettre à sa pauvreté.

Alors dans la chambre des fournaises, le stock de peinture accablait l'armoire vert-de-gris clouée au mur. Une bombe de rouge aurait été l'idéal. Il y en avait une de brun. Je me la suis mise sous l'aisselle, j'ai pris l'escabeau et j'ai porté ces instruments hors la maison, les ai déposés sur le gazon, à côté de ma Swift de Mamie, et j'ai extrait le pistolet-indicateur de pression du coffre à gants pour l'insérer dans l'étui qu'est ma craque de fesses.

Cette arme, c'était pour empêcher quiconque, y compris moi-même, de nuire à ma mission : graffiter TUEUR DE CHATS EN SÉRIE sur la maison aux briques blanches.

Ensuite j'ai descendu l'escalier de la maison de Mamie en écorchant les murs avec l'escabeau. Mon boucan l'a réveillée. Elle est venue voir en chemise de nuit ce qui se passait. Je l'ai renvoyée dans sa chambre.

Je riais, maudit que je riais, il me semble, l'escabeau dans les bras. Je me souviens, oui, d'avoir ri d'un grand rire. Il embrassait tout, rien.

J'ai cochonné la maison aux briques blanches. Son propriétaire la nettoie dans ma position, sur un escabeau. Il travaille à faire disparaître sous le soleil l'œuvre que je lui ai offerte sous la lune : TUEUR DE CHATS EN SÉRIE.

Mes mains tachées dans mes poches, je m'esquive mais change d'idée aussitôt, je décidé de faire volte-face. Sous l'emprise de je ne sais quel vide affectif, je vais avouer mon crime au monsieur. C'est moi l'auteur de : TUEUR DE CHATS EN SÉRIE.

— Vous appelez pas la police ?

Après avoir relevé la visière de son casque, il m'observe un moment, stoïque.

— *Non.*

Il me tend l'arme à hydrogommage. Il ôte ensuite le casque pour me le mettre sur la tête.

— *Tu vas me débarrasser de t'ça! dit-il.*

Son « t'ça » résonne dans Ahuntsic.

Avant que je prenne le flambeau, il a déjà effacé le mot TUEUR et le CH et une partie du A de CHATS.

Force est d'admettre que lire et écrire de gauche à droite a une certaine influence sur le sens de l'effacement.

Une joie, un nouveau goût, prévaut entre eux, mais c'est la même chose qu'avant, déguisée, brouillée, injectée d'espoir, toujours la même chose, qu'ils ont failli perdre rue Ontario.

Ils ne vont pas à ce rendez-vous comme aux autres. Ils y vont en tant que clients.

Cadeau d'anniversaire pour Christèle?

Leur expérience professionnelle confine à l'empathie mais leur trac est jeune, est celui d'une première fois.

Sophia la dominatrice les attend avec son kit en haut du palier d'escalier. Elle les enjoint de la suivre dans le corridor. Ils marchent derrière elle, hypnotisés par son déhanchement et le craquement du plancher. Dans l'ascenseur, Christèle arrive mal à être la canaille qu'elle est à ses heures, à extraire de sa bouche des balivernes dont elle serait fière.

Mamie partait on ne sait où et a laissé tomber après nous avoir vus. Elle a reculé dans son allée, est descendue de la Swift, est venue à pied à notre rencontre, a foulé la pelouse du bonhomme. Et elle l'a supplié d'accepter de l'argent à titre de dédommagement, au moins pour la location du matériel : le casque à visière, mais surtout l'engin qui projette à basse pression un mélange d'eau, d'air et de micro-granulats (abrasif plus doux que le sable). Il a refusé, il est même allé chercher des boissons à l'intérieur de sa maison de briques blanches, d'après moi content que quelque chose lui arrive.

Ça a l'air d'une personne bien, en fin de compte, le tueur de chats en série.

Attiré par Sophia la dominatrice, le concierge de l'immeuble lui prête parfois la clef avec laquelle elle déverrouille la grosse porte métallique qui s'ouvre sur le toit, la vue, la nuit, les lumières, auxquelles elle ajoute un spot, qu'elle dirige sur un vieux matelas posé sur le gravier du revêtement.

Ensuite elle leur ordonne d'ôter leurs vêtements et de faire l'amour, s'ils sont capables ; elle les défie.

Après avoir interrompu leur coït en les poussant avec le pied, elle les traite d'incapables ou d'un synonyme et les fouette, ou bien elle picote leurs fesses, leurs seins, avec une aiguille à tricoter, ou encore les frotte avec une brosse à barbecue usagée.

Une heure plus tard, la séance est terminée. Le spot est éteint. La ville a perdu l'une de ses lumières, l'une de ses étoiles.

Elle en gagnera et en perdra d'autres.

La ville étincelle.

Autres romans chez Héliotrope

NICOLAS CHALIFOUR
Vu d'ici tout est petit

ANGELA COZEA
Interruptions définitives

MARTINE DELVAUX
C'est quand le bonheur?
Rose amer

OLGA DUHAMEL-NOYER
Highwater
Destin

MICHÈLE LESBRE
Sur le sable

CATHERINE MAVRIKAKIS
Le ciel de Bay City
Deuils cannibales et mélancoliques

SIMON PAQUET
Une vie inutile

GAIL SCOTT
My Paris, roman

VERENA STEFAN
d'ailleurs

Achevé d'imprimer le 2 mars 2011
sur les presses de Transcontinental Métrolitho.